沢里裕二

桃色選挙

実業之日本社

実業之日本社文庫

目次

第一章　魅惑のエロボイス

1

「三番、センター鶴井《つるい》ぃ。鶴井浩太《こうた》ぁ」

私はマイクに向かって色っぽい声をあげた。

二美浜川駅《ふたみはまかわえき》からそう遠くない場所にある川べりの野球グラウンド。全国企業対抗野球の田中《たなか》市地区予戦が始まっていた。

私は声優プロダクションから派遣されたウグイス嬢。潮村春奈《しおむらはるな》。二十七歳。

小柄だけど、むっちりした体形で、小熟女タイプとよく言われている。声優歴五年。

声優といっても一応プチ・タレントだ。

CSの番組なんかにも時々出演していて、多少は顔も売れている。

しかしながら、この五年間の仕事のメインはエロアニメのアテレコだった。

うちの所属事務所の方針で、声優はもちろんタレントも最初の五年は、エロ声をみっちり学ばされることになっている。

社長いわく、色気のない声は「売れない」ということだ。

私も同感だ。ただ、おかげでその癖が抜けなくなって困っている。

エロアニメのアテレコは、欲求不満解消にも繋《つな》がるいい仕事だ。

アナブースにとじこもり「あぁあん」とか「いやっ、いやっ」とか「いくぅう」なんて声を発しているうちに、自分もやっている気分になれるのだ。

本当だ。これは一種の言霊《ことだま》効果だと思う。

常にエロ声を発しているおかげで、声だけではなく、人生全体に色艶がついたと思う。

事務所の社長の方針は間違っていないと思っている。

ところで、アナブースはたいがいディレクターさんやエンジニアの人からは顔しか見えないように出来ているので、当然、股間をまさぐりながら、声を発することも可能だ。

私はアテレコ中に、いつもまん所《しょ》を弄《いじ》っていたものだ。これは声にも相乗効果をもたらす。

声の艶が増すほどに、クリトリスも大きくなってしまったのは想定外だった。

最近はFMラジオのナビゲーションや、人気アニメの仕事もぼちぼち入れてもらえるようになった。

ただ、そのエロボイスの癖が付いてしまっているので、今日も、打者コールがすべてエッチなトーンになってしまっている感は否めない。申し訳ない。

「ああん。バッター鶴井ぃいい。いいっ」

そんな私の声に導かれて、万代商業《まんだいしょうぎょう》のスラッガー、鶴井浩太が、バッターボックスへとゆっくり向かってきた。

鶴井浩太はプロ野球のスカウトたちも注目する大型選手。がっしりとした背中と腰。眺めているだけで、こちらのまん所が濡れてくる。

「あぁあ」

うっかり声を出してしまった。マイクに向かってだ。喘《あえ》ぎ声が場内に響き渡ってしまった。

鶴井選手が「えっ?」という顔をして、こちらに振り向いた。
申し訳ない。私はぺこりと頭を下げる。なんてこった。
あわてて、ボリュームを下げた。下げた後に、ふたたび「あぁあ、素敵……」と
ため息を漏らした。
鶴井選手の筋骨隆々とした背中は、球ガールたちの憧れの的。場内アナウンスに
も熱が籠るし、股も濡れる。ついうっかり喘ぎ声を漏らしてしまっても、仕方がな
い。
回は七回裏に入っていた。ゼロゼロのタイスコアのまま、ゲームは進んでいる。
鶴井選手がバッターボックスで幾度か素振りをした。ブルンッ、ブルンッ。
(あぁ、私にも、その腰のバットを……ぐっさりと)
思わず、股間に手を這《は》わせてしまう。紺色のスカートの上から手の甲で股倉を、
ぐっと押す。
「はぁあぁ」
とても落ち着いた気分になった。手の甲に温《ぬく》もりを感じる。熱を帯びた女陰が、
パンティの中で蠢《うごめ》いているのがわかる。
襞《ひだ》開いちゃう。もっと手の甲を押した。紺色のスカートごとめり込ませる。

ぐちゅ。股の間で小陰唇が開く快音を聞いた。

アナウンスルームには他に誰かいるわけじゃない。隣のプレスルームではスポーツ記者とプロのスカウトのシャッターを切る音がするぐらいだ。

（見えるわけじゃない）

私は紺色のスカートをめくった。ミニだからすぐに太腿《ふともも》の奥まで露《あら》わになる。シャンパンピンクのパンティがすでに股間にめり込んでいる。股布がくちゃくちゃになって、脇から大陰唇がはみ出してしまっていた。

あらら、私のここって、卑猥《ひわい》だわ。

パンティの脇から、右手の人差し指を入れた。ぬるっ、とした。

「まんしょっ、まんしょっ」

一塁側スタンドの声援が高鳴った。株式会社万代商業《まんだいしょうぎょう》だからまんしょ。男性社員の声が多い。

股間を触っている私、なんだか、大声援を受けてオナニーしている気分。

「たま、ちゅう、たま、ちゅう」

三塁側も負けじと声を張り上げている。こちらはＯＬの声が中心。

対戦相手は玉沢中央農林《たまさわちゅうおうのうりん》株式会社。略してたまちゅう。冗談みたいな組み合わせだけど、現実だからしょうがない。

「たま、ちゅうっ、たまちゅうっ」

女心は敏感だ。そんなに叫ばれたら、フェラチオしたくなってしまう。

鶴井選手の金玉をレロレロして、バットをベロリとやりたい。

私は、マイクの前で舌舐《な》めずりを繰り返した。舐めている気になってくるから不思議だ。

ピッチャーが第一球を投げた。スライダーっぽい。緩い球が曲がりながら飛んできた。

私も人差し指を曲げた。花びらの真ん中らへんを、くちゅくちゅとくじった。

（はぁ～、気持ちいい。まんしょ、くじって、たまちゅう……）

大陰唇の上縁からクリトリスがにょっきり飛び出してきた。実は巨粒なのだ。ここを人に見られるのは、かなり恥ずかしい。

鶴井選手。大きくバットを振った。

「素敵っ」

だけど空振り。あぁあ、私の指も、小陰唇の上で滑りまくった。バシッ。キャッチャーミットに球が収まってしまった。

「残念」

私、穴の周りで指を旋回させた。

「たま、ちゅうっ、たま、ちゅうっ」

守備側の玉沢中央農林が活気づいている。

注目のスラッガーを空振りさせたのだから当然かも。

それにしても、女子社員の甲高い声で「たま、ちゅうっ、たま、ちゅうっ」と連発されると、フェラチオを連想して、舌舐めずりせずにはいられなくなる。

のぼせてきたせいか、喉も渇いた。

私は、片手でマイクの横にあるミネラルウォーターのペットボトルを取った。片手で、だ。

それも左手。右手は花びら界隈《かいわい》から、とても離せない。

アヒル唇をペットボトルの口に近づけて、ちゅ～をした。別にそんなことしなくても飲めるのに、吸い口に舌を絡ませながら、ゴクゴクと喉を鳴らした。

喉が潤った。ほっとする。

ピッチャーが首を振っていた。たまちゅうのエース倉田隆平《くらたりゅうへい》投手。一重瞼《まぶた》。無表情で、何を考えているのかわからない顔。球ガールの間ではあまり人気がない。

（きっと、こんどはど真ん中だわ）

私は予想した。指を軽くクリトリスに乗せて、直球が来た瞬間に、穴に落とす準備をする。鶴井選手が打ったら、指挿入だ。そう決めている。

これまでも、好きな野球選手を見ながら、よくオナニーをしていた。外野スタンドで、高校野球や社会人野球を眺めながらの指淫は、一度やったら、止《や》められない。

試合を見ながらオナニーするのは、いまどきの球ガールの王道だ。そのために、私はスカートのポケットを破っているほどだ。

一瞬一瞬のゲーム展開に息を飲み、指で昂奮《こうふん》を高めていく。ホームランが出た瞬間に、ダイヤモンドを一周する選手と一緒に、花びらの上で、指を回すのは最高の快感だ。

キツネ顔の倉田投手が大きく振りかぶった。怖い顔をしている。でもあの顔で、いきなりやられるのも悪くない。球ガールはヒール相手にも妄想を燃やす。

ボールが放たれる。あっ、緩い。チェンジアップだ。ずるい、ずるいぞ倉田っ。

鶴井選手はもうバットを振りはじめている。私だって、クリトリスにちょん、とした指を、猛然と淫穴に向かって下げているのだ。止められない。

「あぁ～」

鶴井選手は、すんでのところでバットを止めていた。

「ボール」

主審は手を上げなかった。さすが鶴井選手、選球眼凄《すご》い。

なのに、私ったら、指、ズボッです。ズボッと穴の中に入れちゃいます。これストライク取られちゃいました。

「はぁああ」

おまんしょの中、ぬるぬるです。

私はあわてて指を抜いた。このまま中を掻《か》き回すのは、球ガールとして、ルール違反。構想通りに、高まらないとなりませぬ。

しかし、穴はうずいて、どうしようもなかった。クリトリスも、勃起している。

まん所の花びらに這わす指がちょっと触れただけでも、絶頂に達してしまいそうだ。

鶴井選手がタイムを取って、一度バッターズボックスから、身体《からだ》を外した。こちらに向かって、がに股になって屈《かが》みこみ、靴の紐《ひも》を直している。私は鶴井選手の股間を見た。普通だった。当たり前だ。試合中に勃起している選手はいない。

私は、立ち上がった。スカートは自然に元に戻っている。

金網が張られた窓は、グラウンドよりやや低くなっていた。鶴井選手が、靴紐を直しながらふと私の方に視線を寄越す。

(見せたい)

贔屓《ひいき》の選手にまん所を見せたいと思うのは、女として普通の願望だと思う。

私は強い願望に駆られていた。

鶴井選手が靴ひもを直し終えた。私は、ついふらふらとスカートを腰の上まで捲りあげていた。

シャンパンピンクのパンティ股布は肉襞に食い込んで、Tフロント状態。

いかが?

鶴井選手がこちらを向いていた。目に入ったらしい。こめかみに青筋が入るのがわかった。本来大きな瞳を、細めて見ている。

私は、座っていた椅子の上に片膝を上げた。股間を差し出すような体勢になった。その上で、パンティを右側にずらす。まん所、まる見せ。

がに股の鶴井選手が突然、尻もちをついた。双方のスタンドがざわめいた。

私はすぐに椅子に座って何事もない様子を装った。

金網の窓越しに見ると、鶴井選手の股間が大きく盛り上っていた。起き上がりながら、彼、目を何度も擦《こす》っている。こちらを見つめている。

（夢よ、幻よ。桃色の幻想だってばっ）

私は知らない顔をして、スタンドの方を見上げた。

鶴井選手は、股間を膨らませたまま、バッターボックスに戻っていった。なんだか居心地《いごこち》が悪そうで、さりとて、大観衆の前で、男根の位置をずらすわけにもいかずに、困っているようだ。申し訳ない。

（このフォームは……今回は三振かもね）

主審が「プレイ」と手を上げて、ゲームが再開した。

倉田投手が再び首を振っている。それほど湿度もないのに、顔が汗でびっしょりだ。キャッチャーのサインを確認しながらも、しきりとこちらを見ている。

うんうんと頷いて、ようやく振りかぶった。ちょっと動きがぎこちない。特に足。太腿が上がり切っていない。

（ストレートだわ）

軸足の力《りき》み具合から私はそう予想した。

倉田投手の腕が振られる。早い。決め球の剛速球だ。しかし投げた後に、倉田投手、ふらついている。やけにふんわりとした球が飛んでくる。

私は今度こそ確信を持って、指を淫穴の上に置いた。

バッターの鶴井選手がフルスイングした。ガシッ。球を芯でとらえていた。

「うぁ〜ん、最高っ、私も入れちゃう」

指を肉穴に滑り込ませる。

ヌルッと入った。

こうこなくちゃっ。私はまん穴の中で、指をグルングルンと旋回させた。

白球は青空高く舞い上がっている。スタンドは静まりかえっていた。シーンとなったせいで、私の股間で指が動く音が、はっきり聞こえてきた。

ぬぽっ、しゅぽっ。ねちゃっ。とても恥ずかしい音だ。だけど気持ちがよくて指を動かさずにはいられない。目を開けているのも、しんどいほどの快感が押し寄せてくる。私はうっとりとした気分になって瞳を閉じた。

「おぉおおおっ」

一塁側。まんしょうのスタンドから喝采があがった。逆に三塁側のたまちゅうスタンドから悲鳴があがった。

私は指を出し入れさせながら、瞳を開いた。

白球はバックスクリーンの中央に突き刺さるように飛び込んでいた。私は指を、奥の奥まで突っ込んだ。

「おぉおおお」

さらに大きな歓声が上がる。

「あぁあっ、私、いっちゃうっ」

もはやクリトリスも弄らずにはいられない。私は左手もパンティの中に突っ込もうとした。瞬間。ペットボトルを倒してしまった。股間の上に、水がざばっとこぼれ落ちてきた。

「うぅううっ。いくっ」

水圧が淫核を潰していた。いくっ、とってももったいない昇天。

鶴井選手がダイヤモンドを一周してホームに帰ろうとしていた。股間を必死に抑えている。いや、正確には擦りながら走っている。

大丈夫ですか?

打たれたピッチャー倉田は、マウンドの上で座り込んでいた。がに股。股間がもっこり。フォームが崩れたわけだ。

こいつも見たんだっ。

私は、ビチャビチャになった股間の上で、それでも指を動かし続けていた。極点を一度迎えた後の余韻に浸る。冷たいと水と生温かい湯蜜の混ざった感触が、妙に気持ちよかった。

次のバッターを呼び上げなければならない。

「四番、ショート丸山《まるやま》。丸山正樹《まさき》」

そう声を張り上げた瞬間だった。後方の扉がいきなり開いた。

誰っ？

私は振り向いた。黒いスーツと濃い紺色のブレザーにグレーのズボンを穿《は》いた男が断りもなしにいきなり入ってきた。球場や大会関係者には到底見えない人相の悪いふたりだった
「あの、いまは関係者以外、ここ立ち入り禁止なんですけど」

私はちょっと怯《おび》えたが、男たちに付け込む隙を与えそうだったので、毅然《きぜん》とした態度で、言い返した。

「あぁ、そんなに驚かなくてもいいさ。俺たちはテロリストでも、やくざでもない」

黒いスーツの男が言った。そのどちらかにしか見えない。

「とにかく、いまはゲーム中です。私はアナウンスをしなければならないんです。

出て行ってください」

そういって男たちの方を向いて立ち上がった。

「いやぁ、そこまで怖がらなくても。そのスカート、困ったなぁ」

紺ブレザーの男が頭を掻いている。

私のスカートは捲れたまま。皺《しわ》くちゃになったまま、三角形に捲れあがっていた。しかも股間というか、パンツもびしょ濡れ。

毅然とした態度で臨んでも、これでは通じない。

意味が違うとも言いようがない。

（誤解されて、むしろ正解かも）

私はすぐにスカートをもとに戻した。けれども太腿から脛《すね》まで、お漏らししたみたいに、びしょびしょに濡れていることに変わりはない。

「とにかく、いまから一緒に来てくれないか？」

と黒スーツの男。いちおう疑問形の語形はとっているものの、そこには有無を言わさぬ迫力があった。

「いや、ですから。私はまだアナウンス中で……」

振り向いて窓から先のグラウンドの様子を見ると、すでにツーストライクになっていた。ネクストバッターをコールしなければならない。

「野球に俺たちは興味がない。あなたを連れていくのが、任務なんだ」

とまた黒スーツの男。

「どちらに？」

私は聞いた。聞いても付いてはいけないが、行先には興味があった。

「ここでは言えない」

そりゃ、怪しすぎるというものだ。

「あの、中東とか嫌なんですけど」

「大丈夫だ。車で十五分ぐらいのところだ」

それならこの田中市の市中だ。テロリストの妻にも女戦闘員にもならなくて済みそうだ。

「でも無理なんですけど。ご覧のような状態だし」

私は男たちにグラウンドを指さした。ちょうど倉田投手のシュートがバットをくぐりぬけてキャッチャーミットに収まった瞬間だった。「アウトッ」。主審が手をあげた。

「ほら、コールしなきゃならないしぃ」

私はすぐに机に向き直り、マイクに向かった。魅惑のエロボイスで、次のバッターを紹介しなければならない。

「五番、ライト中村《なかむら》ぁ〜」

そこまで言った時に、男ふたりに両腕を取られ、引きずり上げられた。

紺ブレザーの男が、ご丁寧にもマイクのボリュームをオフにした。

「いやっ、何するのっ」

私は子供みたいに足をバタバタと動かしたが、男たちの力は強かった。窓の景色がずるずると遠ざかっていく。次のバッター中村昭雄《あきお》が、首を傾《かし》げながら、バッターボックスに向かっていた。中途半端に呼ばれて、拍子抜けしているようだった。

ごめん。

開いたままの扉から、大会関係者が飛び込んできた。胸に〈場内係〉と書いた花リボンをつけている。ひょろりとした男だった。

「潮村さん、ちゃんとアナウンスしてくれないとダメじゃないか。それに、途中で、妙なため息を入れるのは、止めてくれ。ちゃんとボリュームの上げ下げして、えええっ、何、これどうしたの？」

場内係の男は、棒立ちになった。

「誰っ、あ、あな、あなたたちは？　け、警察を呼びますよっ」

威勢のいい言葉を吐いてはいるが、膝から下はガクガクと震えていた。

黒いスーツの男が私の腕を摑《つか》んだまま、言い返した。

「すまない。続きはあんたがアナウンスしてくれ」

「冗談じゃない。そのアナウンサーにはちゃんとギャラを払っているんだ」

震える声で言った。

「だったら、あとでここに請求してくれ」

黒スーツの男は胸ポケットから名刺を取り出して、場内係の男に渡していた。私の腕を押さえつけたままでだ。

「えっ？」

場内係は唇まで震わせた。目を丸くして絶句している。

「じゃあな。あんたの声を聞きながら球場を後にするのも、悪くない」

黒スーツの男はそれだけ言うと、私をアナウンスルームから連れ出した。

（やっぱ、この人たち、や・く・ざ？）

私は抵抗するのをやめた。中東に行くのも嫌だけど、ソープランドに売られるのも勘弁してほしい。

(私、何かやらかした?)

球場の関係者出入り口から外に出ると原っぱの駐車場になっている。すでに黒のベンツS500が扉を開けて待っていた。

運転手はすでに乗っている。

私はふたりの男に両腕を取られたまま、後部シートの真ん中に座らせられた。

「よし、出せ」

ベンツが唸《うな》りを上げて、走り出した。

球場からアナウンスの声が聞こえてきた。安っぽそうなスピーカーから縮んだような声がこだましてくる。

〈八回表、玉沢中央農林の攻撃では、九番ピッチャー倉田。倉田隆平〉

男の声だとなんだか大相撲《おおずもう》の場内アナウンスみたいだった。野球はやっぱりウグイス嬢がやったほうがいい。

2

車は十五分きっかり走って田中市の中央通りのど真ん中で停《と》められた。

私にはあまり縁のない、いかめしい石造りのビルの前だった。見たところ五階建てビル。取りあえずソープランドではなかったので、私はほっとした。

中央通りはそもそも田中市の官庁街だ。風俗店などがあるわけがない。

ってことは、ここにいったい何があるのだ？　組事務所とか？

エレベーターで四階に連れて行かれた。

ふかふかの絨毯《じゅうたん》の敷いてある通路を歩いていると、石鹸《せっけん》の匂いがしてきた。

（こんな場所に隠しソープでもあるんだろうか？）

ひょっとしたら、市役所とか法務局の人とかがこっそり「抜く」ために密《ひそ》かに営業しているのかも知れない。

（警察関係者も利用するのかな？）

だったら、どんなプレイでもありだ。

官庁街のソープ。凄いじゃないか。私はビビりながらも、興味を覚えた。

これは性格だからしょうがない。

どのみち、私のおまん所、びちょびちょだし……まるで湖。

（んんっ？　おまん所が湖状態だからおまん湖）

洒落《しゃれ》など言っている場合ではないが。

通路の中ほどに重々しい雰囲気の扉があった。木製の扉。観音開きのようだ。すぐ脇の壁にこれまた木彫りの看板が掛けられている。

《会員制スパ大田中《だいたなか》》

ほほう。建前上スパときたか。上手《うま》い隠れ蓑《みの》だ。しかし田中市の上に大をつけるとは、見栄っ張りにもほどがある。東京都下最少人口の市だ。

ふたりの男が観音開きの扉をそれぞれ開けてくれた。左右に扉が開く。

「おおぅ」

宮殿にでも通される感じだ。だけど考えようによっては普通の世界から苦界《くがい》に落ちる崖線《がいせん》がこの扉のようでもある。

（ええいっ、逃げられないいんだったら、潔く踏み込もうっ）

足を踏み出した。石鹼とお湯の匂いが一段と強くなった。あぁ、今日から泡にまみれて暮らすんだわ。

シャンデリアが灯《とも》るエントランスを進むと、大理石で出来たフロントの前に出た。ブルーの制服に七色のスカーフを巻いたお姉さんが片手を軽く上げて、どうぞと、その真横の扉を示してくれた。ＣＡさんみたいな受付嬢だ。

フロントの右横に〈マッサージルーム〉と書かれた扉があった。

マッサージルーム。なるほどそういう表現をとっているのか。エッチはマッサージの一種でもある。特に前戯は揉《も》みあう。擦りあう。

黒スーツの男が私の前に回り込んできて、扉を開けてくれた。拉致しにきたときよりも、態度がうやうやしくなっている。

私、もう泡嬢として扱われている？

「あれっ？」

マッサージルームという部屋。普通にマッサージ台が幾つも並んでいる。二十台はある。何人かが、その上で揉まれていた。揉んでいるのは、白い上っ張りをきた男性ばかり。それもおっさん。普通のマッサージじゃないか。

ちょっと拍子抜けした。

「ここソープじゃないんですか？」

私は紺色のブレザーを着た男に聞いた。

「こんな場所に、そんなものがあるわけないじゃないですか。隣は市役所だよ」

紺ブレの男も黒スーツの男もさらに奥の扉へと進んでいる。

「ですよね……」

だったらこの先には何が待っているんだ？

やくざの情婦とか？　そうだそれしかない。

マッサージルームの奥に、さらに扉があった。その隙間からソープの香り、温水の温もりがぷんぷんと匂ってくる。

あそここそ、浴室だ。全身和風タトゥー大親分とかが、真っ裸で仁王立ちしていて、私、一気に挿し込まれちゃうんだわ。

心の準備をしながら、黒スーツの男に続いた。紺ブレ男は後ろから付いてくる。

私は中に入った。

驚いた。最初に目に飛び込んできたのは、プールっ。風呂じゃない。温水プール。いったいここって、どんなサウナなんだ。

「ようこそいらっしゃいました」

二十五メートルで五レーンに分かれた第三コースから中年と初老の境目にあるような男が上がってきた。黄色に赤のラインが入ったスイミングキャップを被《かぶ》っている。痩せていた。タトゥーはなかった。代わりに胸と背中にちらほらと老人斑《はん》が浮いている。

「どうもどうも、むりやり来てもらってすみません」

男はスイミングキャップを取った。シルバーの髪が額に落ちた。中年じゃない。

ほとんど老人。

笑っているが眼光は鋭い。この手の顔の人たちを私は一種類しか知らない。

(侠客《きょうかく》の方……)

胸の中で確信したが、もちろん言葉には出さない。

出したら、すぐに刺されそう。

「あの、私、何か問題でも起こしたでしょうか？」

警察より怖い人に呼び出されたのだ。一応理由ぐらいは知っておきたい。

「いいえ。問題なんてとんでもない。わしね、あんたの声に惚《ほ》れたんだよ。あのグラウンドで去年の秋にも場内アナウンスやってたろう。それを聞いてね」

ロマンスグレーの老人はプール横のジャグジーの前で軽い屈伸運動を始めた。元気だ。

黒スーツの男が会話に入ってきた。プールサイドという場所に、もっともそぐわない恰好となっている。

「先生は田中市の体育連盟の理事も務めているんですよ。なので、時おりさまざまな大会を視察に行く」

スポーツ界と闇社会の癒着。そんなところだろうか？

「それで、私の声を知ったのですね。でしたら事務所のマネジャーにでも連絡していただけたら、よかったのに。こんな形で、連れてこられたのは不本意です」

不本意だが、セックスする気は充分ある。

私、還暦以上は初体験。わくわくしている。

「ボディガードが手荒な真似《まね》をしてすまなかった。内密な話なので、どうしても事務所を通すわけにはいかなかった。許して欲しい」

よくある話だ。

声優といってもプチ・タレント業。仕事以外の個別のお誘いということはちょくちょくある。

こちらもさしたる有名人でもあるまいし、相手が気に入れば乗る。実際に「乗る」こともある。

「でしたら、ストレートにおっしゃっていただければよかったのに」

あぁ、私も闇の世界と通じてしまうのだわ。

「その間もなかった。なにしろ、来週が告示日だ。今日にでも、潮村さん、あなたと会って、話を詰めなければならないと思ったのさ」

老人は握手を求めるように、右手を出してきた。

私は首をかしげた。はて、それってなんだろう? 紺ブレの男に肩を叩《たた》かれた。

「統一地方選挙ですっ」

ほほう。選挙っ。ようやく私は合点がいった。

「ということは、おじさまは……」

銀髪の老人の顔をじっと見た。見覚えがある。見覚えがあるぞっ。

「参院議員の仲根大三郎《なかねだいざぶろう》といいます」

本人が頭を下げた。

「仲根先生は民自党田中市連合会の会長でもある」

黒スーツ男が付け加えた。

おぉおっ。そうだ、商店街のポスターでよく見かける国会議員の人だった。極道の親分だなんて、とんでもないことを口にしなくてよかった。

そういえば目の前の顔、テレビで何度も見たことあるぞ。アナウンサーばりにエコーのかかった声で、しかも低音が魅力の政治家だ。

これは頭のいいタイプの人間のはずだ。

私の人に対する判断基準は「声」だ。

低音の男は利口。高音の男は気紛れ。根拠はない。声優の直感でしかないが、おおむね当たっている。

「国会議員の先生としては、ずいぶんと無茶な誘い方をしますね」

この場所に連れてこられた意味が、暗然と理解できたので、私は少し強気に言った。相手はやくざじゃない。これ以上手荒な真似もするまい。

「申し訳なかったが、どうしてもあんたに依頼したかった」

仲根が上品な声で、そう切り出してきた。

「私に選挙カーに乗れと」

ズバリぶつけてみた。仲根大三郎は、片手で老人斑だらけの胸をポンと叩いた。

「まさにっ」

案の定だった。

仲根も、めんどうくさい依頼の方法を取ってくれたものだ。

選挙のウグイス嬢は事務所がもっとも念入りに考える仕事なのだ。個人的には返答のしようがない。

第一、事務所はタレントにあまり政治色をつけたくない。

第二、当然各政党に気を使っている。まんべんなく付き合うのが芸能界の不文律だ。事務所としては、どこが勝っても恨まれないようにしたい。第三、ギャラの設定がややこしい。恩も売っておきたいが、棒引きにすると、寄付行為と指摘されかねない。

ということから。選挙用のウグイス嬢は声優プロダクションとして頭痛の種なのだ。私自身は別にかまわないのに。民自党から共生党まで、ギャラさえくれれば、どこへでも、行く。

ひと声試してみることとした。

「あ、こちらは仲根大三郎、民自党の仲根、仲根でございます。このたびは、田中市のために、この田中市の未来のために、仲根、仲根がみなさまにごあいさつにまいりました。はいっ、ありがとうございます。浜川《はまかわ》商店街のみなさま、こんにちは、仲根、仲根大三郎でございます」

やってみせた。選挙アナウンスに政策の内容などは必要ない。とにかく、候補者の名前を刷り込ませる作業だ。私は結構コツを知っていた。事務所に内緒で一本釣りされたのも頷《うなず》けなくもない。

んんっ？

仲根大三郎の様子が変だ。顔をしかめている。気に入らなかったのだろうか？

ボディガードふたりも顔を見合わせて、首を振っていた。

仕方ない。もう一回やるかっ。私は美声を張り上げた。

「仲根大三郎。仲根、仲根大三郎が、このたび市議会選挙に立候補……」

突然、紺ブレの男に口を抑えられた。

「立候補、しないっ。仲根先生は断じて、市議会議員などにはならないっ」

黒スーツの男が言った。

「へっ？」

私は目を泳がせた。

（やっぱり、愛人候補？）

でも愛人は選挙カーに、一緒に乗らないと思う。

「あのさっき選挙カーに乗れと……」

「そう。あんたに立候補してほしいと言っている」

「なんですって？」

耳が遠くなった婆さんのように私は顔を曲げ、耳を突きだした。

「だから、潮村春奈さんに、立候補を求めている」

「まじですか？」

「はい、まじっすよ」

仲根大三郎は、若者風な言葉で答え、すたすたと、ジャグジーへと足を踏み入れていった。エメラルドグリーンのスイミングパンツ姿が案外素敵だった。

「私が、市会議員に立候補？」

「わが派が全力で応援する。わしはこれでも民自党阿波《あなみ》派の幹部でな」

悪い話ではない。声優として名前を売るチャンスになるかも知れない。私は、心を躍らせた。

「今回は阿波総理の公約のひとつである『女性の躍進』を一気に意識づけようということになってね。突然統一地方選では、候補者の三十パーセントを女性に変えようということになった。田中市《ここ》では、すでに新人は男性候補者に絞り込んでいたのだが、総理の方針に沿うために変えなくてはならなくなった。予定していた山川宏《やまかわひろ》幸《ゆき》君には気の毒だが、諦めてもらうしかない。四年も前から準備していた政策通なのだがね」

「その方は運がないですね。でも、どうして私なのですか？　女性の候補は他にもいるでしょうに」

「あんた、スケベでしょう。それもどスケベ」

仲根は上品な声で、下品な言葉を堂々と口にした。

「はぁ？」

ここは仲根を殴るべきだろうか？

それともスカート捲って、とっと帰るべきだろうか？

「選挙に勝てるのは、超スケベな人間でしかない、とわしはかねがね思っている」

仲根は悠然と続けている。少し頷ける部分もある。根拠がなさそうで、ありそうな話かもしれない。私の声に対する直感と同じものを、政治家として感じているのかも知れない。

スケベは何物にも勝る。私も、そう思っている。

「わしは、あんたの声ならいけると思うんだよ」

「この声がですか？」

「そうだ、そのスケべっぽい声だ。新人候補の名前なんて、そもそも誰も知らない。ポスターを張っても、見てくれる可能性は少ない。選挙カーをいくら走らせても、人々の記憶に残るのは一瞬だけだ。視覚というのはあてにならないものだ。しかし、声だけは、どこにいても自然に入ってくる。潮村さんに注目したのは、そこだ。君の声は、一発で耳に入ってくる。短期決戦には持ってこいの候補者というわけだ」

「なるほど」

願ったり、叶《かな》ったりとはこのことだ。たとえ落ちても、声と顔を売る大きなチャンスとなる。世の中に山ほどいる弱小タレントとして、この話、受けない手はない。

「選挙の費用はすべて民自党田中市連が受け持つ」

仲根はジャグジーのボタンを押した。噴流が飛び出した。

(なんて素敵なお話なの……)

こうなったら、ジャグジーに一緒に入るべきだろうか？

私はとりあえず、革靴を脱いで、スカートを腿までたくし上げた。ブラウスの腕をまくり傍らの液体ソープのボトルを手に取った。

仲根にせめてシャボンぐらいは塗ってあげよう。ジャグジーの後方にまわった。

国会議員の背中を泡立ててやる機会なんてめったにあるものじゃない。

私は液体ソープを注いだ。

「今村里美《いまむらさとみ》君を呼びたまえ」

ジェット噴流を背中に当てながら、仲根がボディガードにそう言った。私は無言で、仲根の肩に注いだソープを手のひらで広げてあげた。

もうひとり女がいるということ？

ライバル？　負けてなるものか。

いま、気が変わってもらっては困る。私は唇を嚙《か》みしめた。

やっぱりすぐにジャグジーに一緒に入って、乳舐めぐらいしよう。

私はスカートの裾を、さらにめくり上げた。パンティが丸見えになる。下半身だけでもジャグジーの中に入れよう。仲根におまん処を見てもらうという手もある。

まだプールサイドに立っていたボディガードのふたりが、それぞれ咳払《せきばら》いをした。目のやり場に困っているようだ。

紺ブレのほうがマッサージルームへといったん消えた。黒スーツの男は手を後ろで組み、股を開いてこちらを見守っていた。股間がちょっと盛り上がっている。私のパンティ姿が、セクシーな証拠だ。

紺ブレの男が女性を連れて、戻ってきた。おや、あの人？

「先生、どうも。候補者決定ですか？」

今村里美と呼ばれた女性が、額の汗を拭きながら聞いてきた。プールサイドは蒸している。温水プールなのだから、まぁ当然だった。

そしてこの女性《ひと》、さっきフロントにいた受付嬢だった。三十歳ぐらい、よく見るとかなり、知性的な顔だった。

「あちらも、立候補者ですか？」

私はちょっぴり嫉妬して、液体ソープを仲根の乳首に垂らした。

「おっ、ふぅ」

仲根が反応した。まだまだ女に色気がある証拠だ。ぬるぬるの指で液を広げる。ついでに、仲根の乳首を、ちょんっ。

「うがぁあ……なにを勘違いしておるっ。彼女は選挙プロデューサーだ。あんたにさまざまな作戦を授けてくれる。上手くやってくれたまえ。おわっ。そんなところ撫《な》でるなっ」

嬉《うれ》しすぎて、私は仲根の左右の乳首をにゅるん、にゅるんと撫でまわしてしまった。

「いやぁ、即戦力のスケベが見つかりましたね。よろしくね」

今村里美がこちらを向いて、片手をあげた。これは誉《ほ》め言葉だと理解した。

「こちらこそ、よろしくお願いします」

私も頭を下げた。パンツ丸出しのままでだ。今日はパンツをやたら見せる日になってしまった。

「立候補する前に、簡単な身体検査が必要なの……」

　里美がそう言っている。

「わかりましたっ」

　私はいそいそとブラウスのボタンを外した。

「その身体検査じゃないのっ。つまり潮村春奈という人間の素行調査をする必要があるの。対立候補も弱点を調べてくるわ。事前に告白することは、ある？　あったら、包み隠さず、話して」

　里美は顔を真っ赤にしていた。

「わしはこれで失礼する。後の段取りはすべて今村君がやってくれる。まぁ、百戦錬磨の選挙プロデューサーだ。安心したまえ。女同士、仲良くやってくれよ」

　仲根は膝を叩いて、そのまま立ち上がった。スイミングパンツの真ん中をもっこりさせていた。私の乳首タッチ、気持ちよかったみたいだ。

3

「女同士、仲よくやれって、先生、言っていたわよね」

今村里美にねっとりとした視線で見つめられた。彼女はＣＡみたいな制服を着たままだ。

ジャグジーを挟んで向こうとこっちだった。

私といえば、スカートを腰骨までたくし上げて、ブラウスのボタンも半分まで外しちゃっている。

たったいまレイプされましたと、言っても通じるような恰好《かっこう》だった。

「弱点といえば、ひとつあります。とても言いにくいんですけど」

私はパンツを曝《さら》したまま言った。そのほうが都合がよかった。

「包み隠さずにとお願いしたでしょう。対立候補陣営が洗い出して、もし暴露された時に、私は対抗案が必要なの。だから弱点ほど知っておかないと」

「わかりました。何人かの男がこの事実を知っています」

「肉体関係ね。まっ、それは誰にでもあることだわ。対立候補は男だから、あなた

「写真、撮った男もいます」

よりきっとたくさんあるわ。だからこっちも摑んで、取引《バーター》するわ」

「ハメ撮りしたの？」

里美は腕組みした。呆《あき》れた、と言わんばかりの顔だ。

「顔は撮られていません。ハメてるところも撮られていません。意外と最後までの経験は少ないんです」

正直に告白した。実際、セックスより、私はオナニー好きなのだ。

「だったら、何も問題ないわ」

里美が安心したようにため息をついた。制服のスカートの下から伸びた脚は細くて長い。むっちり派の私よりはるかに美脚だ。

「でも、見た男はハッキリ覚えています。私のココ」

私はパンツの股布を指さした。

「それどういう意味？　アソコの自慢？」

「いいえ。クリトリス、おっきすぎるんです。だから男の人、びっくりして、みんなやるよりもまず、写真を撮って、記念にしたがるんです」

「はぁ〜あ？」

選挙プロデューサーはのけ反った。

私は股布を脇にずらした。女子に見せるのは初めてだ。

「どんななのよ？」

里美が目を細めて、ジャグジーの向こう側から、身体を曲げて覗《のぞ》き込んできた。

私はこちら側に片足を上げ、まん所を曝した。肉縁を開いてみせる。

「わっ、でっかいっ」

「だから、言ったじゃないですかっ」

こっちは恥を曝して、クリまで見せているんだから、もう少し、配慮のある態度を取ってほしい。

「いやいや、そこまで大きいとは……」

目を細めたまま、女選挙プロデューサーは顔を突き出してきた。ジャグジーバスに飛び込みそうな体勢だ。

私は股布だけではなく、大陰唇もパックリ開いてみせた。まん所の上縁から、ポロンとクリトリスが飛び出す。キスチョコより大きなクリトリス。ピーナッツみたいなクリトリス。

「うわぁああ」

ザブン。身体を伸ばし過ぎた里美がバスの中に落ちた。全身落ちだった。

「大丈夫ですかっ」

私もあわててバスに入っていった。はなからスカートをめくり上げていたので、準備は出来ていた。

「ふはっ～」

里美が湯面から顔をあげた。しょせんバスタブだ、溺死することはなかったが、その笑顔を見て、私はほっとした。

「まいった。私もずぶ濡れ」

身体にぴったり張り付いた制服を、里美はバスの中で脱いでいく。お湯に浸かった衣服は脱ぎにくい。

「手伝いましょう」

私も手を貸した。

不思議な展開だったが、今村里美が真っ裸になって、ジャグジーバスに浸かる具合になってしまった。

「あんただけが、服を着ているのって、変じゃない?」

里美に睨《にら》まれた。言われればそうだ。里美が裸になる原因を作ったのは私だし。

「ですね」

私もすぐに衣服を取っ払った。裸になって並んでお湯につかる。

女ふたり、温泉の旅。そんな感じになった。

「しかし、そのクリトリスは、大きい。ひょっとしたら私の乳首ぐらいあるわ。女としては、うらやましい」

里美がポツリと言った。里美の胸は腕で隠されているので、乳首の大きさはわからない。

「どうしてですか？　私は恥ずかしいですよ」

私は、乳首もクリトリスも大きい。乳首は生まれつき、クリトリスは年々大きくなっているような気がする。たぶんオナニーのせい。

朝起きる時は肉芽を摘《つ》まんで刺激する。どんどん伸びてきた感じ。

夜寝る時は、ぎゅっと潰して一気に極点に達するようにしている。それで深い眠りにつく。おかげでクリはどんどん幅が広がってきた。

だけど、大きな乳首とクリトリスは、淫らで下品な印象を与えると思う。

「ちっちゃいクリのほうが、上品だと思いますが」

私は言った。クリトリスに上品も下品もないとは思うのだが、そこは乙女心の勘というものだ。男目線はきっとそうだ。

「そうかなぁ。小さすぎるのも、やっかいだよ」

里美が腰を浮かしてきた。「形のいいヒップ」の代名詞のような尻だった。

湯面に藻草のようにもじゃもじゃと陰毛が浮き上がってくる。

黒い。多い。柔らかそう。

「私はね、超小さいの。しかも皮が多くて、陥没クリ」

「普通、そこは陥没していませんか？」

私は聞いた。巨粒だが自分も皮は被っている。クリがいつも剝《む》けていたら、擦れて、とても歩けない。

「でも、いざとなると、核《ポッチ》が出てくるでしょう」

逆質問された。

「男が皮めくってくれますよねぇ」

初対面で私たちは、なんていう会話をしているのだ。クリの皮剝きと選挙は何も関係ない。コイバナならぬクリバナになるとは。

「私、剝いても、剝いても、出てこないの。クリ小《しょう》の癖に皮大《かわだい》なのよ」

里美が悲しそうな目をした。

「人ってそれぞれですねぇ。いろんな悩みあるんだぁ」

私はオバサンみたいな口調になっていた。

「見てくれる？」

ザババーッ。

女選挙プロデューサーが湯面から尻を上げ、ジャグジーの縁に座り直した。

しかもM字開脚。形の良いヒップの谷間からピンクの襞が重なり合っている様子が見えた。

いやいやいや、見事なまん筋。あっぱれ。

「ほらっ、クリが見えないでしょう」

大陰唇を開いてくれた。

他女子のまん所を見るのは初めてだ。

正確には「開きまん所」を見るのは初めてだ。「筋まん」までは、着替えや、温泉で覗いた経験がある。

今村里美のクリはたしかに一目瞭然とはいかなかった。どこにあるのか、わからない。私は必死になって、ポッチを探した。

渦巻き状の包皮に隠れていて、ポッチはすっぽりと埋まっているようだった。

いやこりゃまいった。

「これ男の人とか、皮を剝くの、とても楽しみでしょうね」

私はお世辞を言った。

「あのね、クリトリスを殻付ピーナッツと一緒にしないで」

里美が口を尖《とが》らせた。まん所のクリトリスは尖っていない。相当気にしているらしい。

「確かに包皮《かわ》、多いですけど。剝き癖つけたら、かなり出てくるんじゃないでしょうか？」

私は慰めた。私は子供の頃から剝いてばかりいたので、いつも皮から先端の紅《あか》いところが見えている。これはこれで、感じやすくて、難点なのだが、これだけ埋まってしまっている里美も気の毒だ。

「今村さん、ちょっと、触ってもいいですか？」

私はおそるおそる里美のまん所の縁に指を伸ばした。他人のまん所弄りなんて、さすがに経験がない。

「えっ、潮村さんが、触るの？」

里美が陰毛を震わせた。見せるだけのつもりだったらしい。

「包皮、伸ばしてみたいです。私、毎日、やっているから、得意です。毎日剝いていると、クリ出てきます」

自慢する話でもないが、やってみる価値を伝えたい。

「皮を剝いて形状記憶させるってこと？」

「たぶんそういうことかと」

「わかった。任せてみる」

里美が頷いた。私は◎《くるくる》状の包皮の中にある＊核《クリ》を探すために、皮を剝きにかかった。左右の親指を皮の脇に置き、むにゅっと開くように押した。

「あんっ、潮村さん、大胆。毎日、そうやって剝くの？」

「もちろんです」

包皮の内側から小さな紅突起が見えてきた。私は皮を剝いたまま、しばらく眺めた。じっと見ると、肉粒が濡れてきた。

かわいい。

小陰唇も私より小ぶりだった。羽が開いているというより、ハート型。

その真ん中にキスしてみたくなる。

私はめくっていた包皮を離してみた。びゅーん。くるくるくる。

「あぁあ〜」

里美のため息と共に、皮が一気に巻き戻っていった。

包皮。まだ◎《うずまき》状態。突起は沈んで隠れてしまった。

「これ、かなりな形状記憶ですね。戻る習性がすごい」

「ずっとめくってこなかったから」

里美がポツリと言った。オナニーの仕方を間違えてきたことを悔いている様子。

「今村さん、穴専だったんですか？」

「それもあるけど……」

と、里美は人差し指をスルスルと淫穴の中に落とした。私、他女子の穴挿《あなオナ》初めて見た。

「クリを皮ごと押していたっていうのが、敗因かな」

「あぁ、なるほど。服着たままの角《かど》まんとか積極的でした？」

私はさらに突っ込んで聞いた。話している間に、なんだか、こっちも燃えてきた。

私のほうは巨粒だから、皮からむっくり顔を出しいている。

「それ、凄く、好きなオナ・タイプ」

里美はもう顔が真っ赤だ。

「う〜ん。どっちがいいとは言えないけど、剝きたいなら、せっせとやるしかないですね。もう少し繰り返してみましょう」

私は今村里美のクリ皮をまた剝いた。二秒か三秒剝いてまた離す。クルンと戻った。何度か繰り返す。ニュル、クルン、ニュル、クルン。

皮を使って芽芯を刺激しているような按配《あんばい》になってしまった。

「あっ、あんっ、あんっ」

M字に開いた里美の太腿がプルプルしてきた。

「あの潮村さん。これって、包茎男子の手筒に似ていない？」

「まぁ、そのコンパクト版ですね」

さすが選挙プロデューサー、喩《たと》えがうまい。そうだこれって男子の包茎剝きに似ている。

「あんっ、いやっ、なんだかクリ勃《た》ってきちゃった」

と、里美。たしかに小さかった肉芽が徐々に大きくなってきたような気がする。

「潮村さんの粒と比べてみたいな。もう一回見せてくれる？」

せがまれた。さっきより、私、大きくなっている。

里美が見たらショック受けるかも知れない。さっきは遠目に見ただけだ。近くで私の巨クリを覗いたら、引くに違いない。

「あっ、もう少し待ってください。まずは、今村さんのを、引っ張り出しましょう。吸っちゃっていいですか？」

こうなったら唇で皮を押さえて、チュウチュウ引っ張り出すしか手はない。とにかくこの女の淫核をもうちょっとちゃんと勃起させないと、その差にショックを与えるだけになる。

「えっ？　潮村さん、私のクリ、吸うの。そっちの気もあり？　それって中間女子《レズビアン》の票も取りにいけるわよ」

「いえいえ、私、男とオナニー、一直線です。この場合、まっ、お近づきのしるしというか？　そんなわけです」

我ながら意味わからないこと口走っていると思う。

仲良くやってくれって、仲根大三郎にも言われたことだし、清水《きよみず》の舞台から飛びおりる覚悟で、他女子のクリを吸うつもりなのだ。

いきなり唇を這わせた。里美のちょっと多めの包皮を唇で押し分けて、舌で核心を探り当てた。尖っていた。小さいけれど完全に硬直している。コリッとした舌触り。いいっ。自分のクリを指で弄るより、新鮮な感じ。

「あぁああ、こんなの初めてっ。私はこれから女子にも走っちゃいそうっ」

今村里美がのけ反っていた。

ジャグジーバスの縁に足底を置いたまま、上半身を弓なりに曲げている。ほとんどブリッジ。私はその尻の谷間に顔を埋《うず》めていた。

ちゅう、ちゅう、ちゅう。

里美のクリトリスを懸命に吸った。皮が戻って来そうになると、前歯を立てて防戦した。気が付くと里美の淫核の根元を甘嚙みしていた。

「あぁあんっ。潮村さんっ。嚙んでもいいよ。強いのがいいっ」

三十路《みそじ》の選挙プロデューサーが身悶《みもだ》えしていた。自分で乳房を揉んでいる。乳首が見えた。小粒だ。乳首はやっぱり小さいほうが品よく見える。里美はその小粒な乳首を自分で指でつんつんしている。両方一緒にだ。

（ああいう弄り方が好きなんだ）

だいたい女の自慰は、乳首とクリは同じように刺激する。私、オナ歴二十二年。その辺のツボは心得ている。

私は上目使いに里美の乳首突きを見ながら、同じリズムで、クリを突いた。舌の先端を硬直させて、つんつんしてあげる。

「はんっ、はんっ、はぁあああん」

里美が涙目になって、腰を振り出した。ガクンガクンと振っている。顎にまん所ごとぶつかってくる。トロ蜜満載だ。他女子のヌルヌルも悪くない。

私も負けずに舌を動かした。今度は舌を全部出して刷毛《はけ》のように舐めた。それも猛スピードのベロ舐め。

「わぁ〜、いやんっ。いっちゃうっ」

里美が猛烈な勢いで、私の顔を太腿で締め付けてきた。私の口の周り、彼女のまん汁でびちょびちょ。鼻梁《びりょう》には陰毛が数本くっついていた。

女同士、仲良くするのって、大変。

「いくっ。潮村さん、いきます」

「待ってください。まだ皮が剝け切っていませんっ」

「いやぁ〜ん、そんなのもう、どうでも、いいいっ」

今村里美が身体をさらに弓なりにした。腰が高くあがっている。腕を伸ばして私の頭をどかそうとしている。

たぶん、もう三回は極点を迎えている感じ。

「あぁあああああああ」

私は舌の回転速度を緩めなかった。一気に五回はいかせたい。これ私自身の理想形。一オナ五昇りだ。

里美がとうとう脚を伸ばし切った。べちゃべちゃに濡らした太腿を痙攣《けいれん》させている。

これ以上やると、苦痛になる。私はそこで舌を止めた。とろ蜜にまみれた膣《ちつ》穴付近をペロペロ舐めてあげる。

「はうぅ、いい、凄くよかった」

里美はのぼせた身体を気力で起こすと、バスの中に沈めてきた。

「ジェットを出すね。淫らな汗を吹き飛ばさなきゃ」

「えっ？」

私は身構えた。というより、手のひらでまん所を隠そうとした。だから『まん構え』というべきか。

里美がジェットのボタンに指を掛けた。私のクリトリスは大陰唇を閉じても、まだ飛び出している。一回膨らむと、すぐには萎えない。

ジュッ。ジュボーッ。

「わぁああぁ」

ジャグジーのジェット噴流が怒濤《どとう》の唸りをあげた。四方八方から噴いてくる。私は股間に両手を当てたまま、身体を上げて、バスから逃れようとした。里美がそこに手を伸ばしてくる。

「私のクリ見たんだから、潮村さんのも、もう一回見せてっ」

凄い力で、押さえていた手首を引っ張り上げられた。

「だめだってばっ〜」

「うわぁ、大きい。ハーシーのキスチョコ？　いや柿の種？」

そこまではないでしょう。それより、ジャグジーの中で、クリトリスを曝さないで……あぁ……あぁああっ

「噴流に当てたら、どうなるの？」

里美の目はほとんど興味本位だ。しかも極点を迎えた女は冷静だ。里美は私の腰に手を回して、凄い力で、ジェット噴流の方向へと向かせた。

「わぁあああああ」

クリトリスが水圧でひしゃげた。猛烈な快感が押し寄せてくる。アッパーカットを食らったボクサーのように、私は失神した。そのままバスの中へと沈んでいく。気持ちよすぎるよ。

第二章　出陣式はノーパンで

1

「市連の本部に挨拶に行くわよ」

選挙プロデューサー愛用のワゴン車の助手席に腰を降ろした瞬間に、そう言われた。

「私の身体検査はもう済んだのですか？」

潮村春奈は肩をすぼませた。

あの日、サウナのジャグジーで倒れてから、三日が経《た》っていた。春奈はその間、プロデューサーであり、事務所のマネジャーみたいでもある今村里美のマンションで寝泊まりさせられていた。

つまり二十四時間監視されていたというわけだ。男関係は全部暴露した。里美がそのたびに仲根大三郎の秘書に連絡をしていた。

ひとりずつ裏を取られ、相手も監視態勢に置かれてしまったらしい。中には高校時代の国語の教師もいるから、申し訳ない。とっくに切れているのに、いまごろは尾行の対象にされている。

学歴や職歴まで再点検された。声優兼プチ・タレントとして嘘《うそ》はついていない。そのぶん迫力のない経歴だった。華々しいものは何ひとつない。

「身長、体重、スリーサイズにも偽りはなかったわね。最近そういうところまでチェックして、経歴詐称だという人もいるのよね」

「クリトリスのサイズって公表する必要がなくてよかったです。偽りたくなりますもの」

「あの大きさでは正直に書けないわね。あと、魅惑のエロボイスの経歴は抹消したわ」

「えぇえー、私の最大の売りなんですけどっ」

「街の再開発を争点にするのに、エロボイスは売りにならないでしょう。エロアニメの声をネットにアップされても困るでしょうよ」

「そっか……」

「むしろエロボイスと言わないで、普通にその声で、スポーツ施設や劇場の誘致を訴えれば、響くわ」

そんなものか？

「それでも出馬は田中市一区だから、まだよかったのよ。百貨店を中心とする商業地区だからね。住宅街だったら、潮村さんの色気、逆に主婦層を敵に回すわ」

淡々と言われた。あの日以来。女同士の関係は持っていない。

だけど、毎日、オナニーは欠かしていない。里美もやっている。

『オナニーは一種の政務よ』

どういう意味なのかと聞くと、いまにわかるとしか言われなかった。

「立候補届けは明日私が選管に出しに行く。そしたら一週間の戦いが始まるわよ。基本は民自党の組織固め。最初は元来の支持者である企業や団体を回るわ」

「わかりました。私も少しは知的な女を演出します」

それは里美にこの三日間、繰り返し言われていたことだ。

元が色っぽくてエロい感じがするから、そこは強調せず、知的な部分を強調することで、意外性を持たせる作戦なのだそうだ。

春奈は三日間、せっせと時事問題や経済情報に取り組んだ。池上彰《いけがみあきら》のわかりやすい解説書は、こうした時に役に立つ。必死に読んだ。

これ読んで付け焼刃的に世間を語る政治家は多いと思う。国際情勢なら佐藤優《さとうまさる》もいいが、今回は間に合わなかった。

「だけど一区では最後は浮動票が勝負を決めるの。だからラスト三日は徹底的に、町立《まちだ》ちよ」

「町立ち？」

どこを立てる？

「選挙カーの上に立って、訴えるの」

「あぁ、はい。ウグイスしてた時に見ました。よく先生方がやってましたね」

「それを、今回は春奈がやるのよ」

三日で里美は潮村さんではなく、春奈と呼ぶようになっていた。クリトリスは小さいくせに態度は大きな女だ。

そうこうしている間に、中央通りのビルに到着した。サウナのあったビルの向かい側にある雑居ビルだった。

「今日は議員やその秘書さんたちはいないけど、この地区の後援会長がいるわ。まずは気に入られてね。ボランティアを仕切るのはそのおじさんだから」

「常駐なのですか？」

「ほぼね。本業は貸しビル業。黙っていても家賃収入がある人間だから、政治が趣味なのね。後援会ってそんな人多いよ」

「いわばタレントやスポーツ選手のタニマチですね」

「早い話が、そういうこと」

「そりゃ、気に入られなきゃ」

春奈はスカートのウエストを持ち上げ、折り返した。当初より五センチ短くした。今日の恰好、薄いブルーのニットセーターに白いミニスカート。新鮮さを出したつもりだ。

「パンスト、脱いだほうがいいですかね？」

里美に聞いた。

「いや、そこまでしなくても。あなた、いったいどういう仕事の取り方してきたの？」

里美が目を吊《つ》り上げた。

「枕営業はしていませんっ」

タレント系と言えば、どうしてもその言葉が付いて回るが、実際やっている女子タレは少ない。だけど、ギリギリまで色気を振り撒《ま》くのは、常識だ。

『やらせないけど、パンツは見せるっ』

それが春奈のポリシーだ。

狭いエレベーターに乗って、五階に上がった。

扉を開けるなり、春奈は驚いた。自分自身のポスターが何枚も張られていた。声優としてパンフレットに載っていた写真を大型ポスターに拡大している。春奈にとってもお気に入りの一枚だった。

お気に入りというのは、かなり修整してくれているからだ。

「春奈のような職業の人は、選プロとしてはありがたいのよ。あらためてポスターとか撮らなくても、それなりの宣材が揃《そろ》っているからね」

なんだかそういうことが急遽《きゅうきょ》選定された理由のような気がしてきた。

(まぁ、理由はいいや。有名になるチャンスだ)

チラシも束になって用意されている。ボランティアらしき人たちが四人、手分けして封筒に詰めていた。大感謝だ。

大学生らしき男子ひとりに、商店街のおっちゃん風の人たちが三人。それにもうひとり三十代半ばぐらいのサラリーマンスーツを着た男が忙しそうに、働いていた。ぜんぶ潮村春奈の資料だった。所属事務所でもこれだけのことはしてくれない。春奈は胸が締め付けられた。選挙に出るって、こういうことをしている人たちに支えられているのだと思うと、熱いものがこみ上げてくる。

スカート、あと五センチあげるべきだった。

感謝はパンツを見せることでしか示せない。

奥の大きな机に五十代ぐらいの男が座っている。電話をしていた。

「潮村春奈をよろしくお願いします。医師会からは推薦状をいただいたので、商工会議所の方でもよろしく頼みますよ」

そんなことをいっている。

「あの人が後援会長の藤倉光輝《ふじくらみつてる》さん」

里美が教えてくれた。押しの強そうな中年男だった。

いちおう上品さを装う国会議員の仲根大三郎とは対照的で、この男は野望を隠そうとしない顔つきだった。

藤倉は身体《からだ》中からギラギラとした熱を発していた。

このタイプ、春奈は嫌いではない。

男はわかりやすいほうが魅力的だ。

藤倉は念力だけで女の服を脱がせてしまうような目をしていた。

その目がこちらを向いた。春奈は本能的に片足を上げた。うっかりした振りをして太腿を上げる。ごく自然なパンチラだし。芸能界ではよく使う手。

本日は純白。レースの縁取り。その上にナチュラルカラーのパンストが被《おお》っている。センターシームがしっかり肉丘に食い込んでいるはずだ。

（見えたかなぁ？）

藤倉に股間を一瞥《いちべつ》された。ジンとくる。

（その鋭い視線、素敵です）

春奈は足を下ろした。

「はじめまして、潮村春奈ですっ」

深くお辞儀する。

今度は背後に視線を感じた。もっと頭を下げる。身体が折れ曲がって、スカートの後ろ裾がせり上がる。つまりパンティ、後ろの方たちにも、丸見せ。

ボランティア四人が生唾を飲む音が聞こえた。

今村里美の咳払《せきばら》いが聞こえた。春奈は頭をあげた。

「おうっ、あんたが新人候補の潮村君か。藤倉だ。よろしくなっ。選挙は戦争だ。覚悟してくれよ。明日からは寝る暇もない」

藤倉は春奈の全身を見渡しながら言っている。舐《な》めるような視線だった。ぞくぞくさせられる。クリトリスがむくむくとせり上がってきた。

(つ、潰したい)

こんな時は角まんをしないと収まらない。春奈はあたりを見渡した。とりあえずボランティアが作業をしている大型机しか見当たらない。

(どうする? あの角を挟んで、平気だろうか?)

「選挙事務所はここの一階を押さえた。明日には開くさ。出陣式だしな」

藤倉がじっと股間だけを見つめて言っている。

あぁ……そんないやらしい目で見られたら、まん所が濡れる。ねとねとした液が、いまにも太腿《ふともも》の間に垂れてきそうになった。

春奈は藤倉の話を聞きながら、太腿を擦《こす》り合わせた。ぷちゅっ。マメが潰れた。

「あぁあ」

呻き声を必死で堪えた。藤倉の顔を見つめながら、後ろに右手を回して、作業用の机の角を探し当てた。

（早く、早く、潰しまんをしないと、私、倒れそう）

藤倉の携帯電話が鳴った。映画『仁義なき戦い』のテーマソングだった。ぞくぞくするメロディだった。肉襞がじわじわと開いてくる。

「おおう。万代商業さんかい。電話を待っていたんだ。明日のうちの出陣式にさ、五十人ぐらい貸してくれないかなぁ。人が少ないと盛り上がらないからさ」

藤倉が動員を要請している。春奈は軽くお辞儀をして、クルリと振り向いた。振り向けばそこが机の角だった。

四人の男たちは顔を赤らめながらも下を向いて、もくもくとチラシと資料詰めの作業をしている。

見るといつの間にか、自分の選挙公約が出来ている。

「それは私が作っておいたの。保守層の票に直結するような公約にしておいたから、しっかり頭に入れておいてね」

里美は机の向こう側に立っていた。立位置が机の隅だ。

（やる気ですか？）

里美は黒いパンツスーツ姿。パンツルックではあからさますぎて、角まんは出来ないだろう。

2

「あの一枚いいですか？」

春奈は自分側に座っている大学生風の若者の前から公約の掲載された資料を一枚取り上げた。

顔を隠すのにちょうどよいＡ４サイズだった。

資料を読む振りして、股間を作業台の角へとあてがう。

白いスカートの太腿の付け根が、三角形の皺《しわ》を作った。構うものか。ぐっと腰を入れる。

（あぁ、硬くていいっ）

スカートの下のパンティストッキングが、ビリッと鳴った。センターシームが肉襞を分けて食い込んできたのだ。

ぬちゃ。

たぶんいま大陰唇が完全に開いた。

ぱっくりまん湖だ。

もう肉溝が疼《うず》いてたまらない。痒《かゆ》い花芯を擦りつけたくて、しょうがなくなった。

春奈は腰を、カクカクと上下させた。

（気持ちいいっ）

小陰唇の真ん中の筋がとても感じる。クリトリス攻めの前戯としてはここを擦るのが一番。

「潮村さん、公約、頭に入っていますかっ」

里美が檄《げき》を飛ばしてくる。あの女だけは、もう角まんに気がついているのだ。

「は、はいっ」

春奈は資料に目を通した。

「読み上げてっ」

（えぇぇ～。気が散るってばっ）

これは嫌がらせだ……そう思いながらも、春奈は周囲の意識をそらすためにも、公約を読み上げた。

「私はぁ……あぁ……この町のスポーツぅ……文化のぉ……向上のために」

ここまで言って、もう息が荒くなってきてしまう。淫穴から蜜がこみ上げてきて、小陰唇ごとねとねとになっている。

顔を真っ赤に紅潮させ、肩を震わせていた。

当然、作業をしていた男たちが顔を上げて、春奈の方を向いた。いずれも怪訝《けげん》そうな顔だった。当然だ。

「はぁ、あぁ、そのためには都と国に要請して、施設の誘致をぉ、はぁん」

ダメだ。クリトリスを角に早く当てたくて、公約なんて読む気になれない。

まん所から、一気に蒸れた女の匂いが上がってきた。やばいっ。男たちに気づかれそうだ。

「潮村さんは声優ですから……声に特徴があるんです。イントネーションはちょっと前の仕事の癖がついていまして。ほら、アニメっぽいでしょう」

里美がサポートしてくれた。

それでも男たちは、春奈の方を眺めている。特にサラリーマン風のスーツを着た男が睨むような視線を送ってきていた。

（かなりヤバいかも）

チラシで隠した顔の唇は、いまは半開きで、涎《よだれ》を垂らしそうになっていた。

こんな顔見せられない。どうしようと思った、その時だ。

ドンッ。音がした。男たちが一斉に里美のほうを向いた。春奈もチラシを外して見つめた。

里美の股間、向こう側の角に、ばっちり埋まっている。

（やってくれるじゃないか。里美ねえさんっ）

男たちの視線も当然そこに注がれた。里美が春奈のために視線をそらしてくれたのは明らかだった。

それにしても里美の挿し込みは深い。黒いパンツの股間をちょっと浮かせて、上方から一気にマメ潰しに入っている。眉根が吊り上がって、切なそうに唇を結んでいる顔は、女から見てもエロ過ぎる。

見惚《みと》れていると、里美が顎をしゃくった。

（そうだ、この間に……）

春奈は股を摩擦した。下から上へと擦り上げる。

このやり方のほうが、じわじわと性感を得ることができる。角筋で花芯をくじりながら、マメの下側から一番尖《とが》った部分へと導いていった。

……あと一ミリで接触。

「あっ」

淫豆に刺さった。くわぁ〜。春奈は口を押さえた。どうしても呻きが漏れてしまう。両手で押さえた。

「うわぁぁあ」

両手を口に持っていったので、身体の支えを失った。両脚がちょっと浮き上がり、身体全体を机の角が支える状態になった。

ぷしゅう〜。マメが潰れた。気持ちよすぎる。じゅわわと蜜が垂れてくる。パンストの内側をぬるぬると粘液が糸を曳《ひ》いてきた。快感に体がどこかに持っていかれそうになる。

一回いった。確実に昇った。春奈はため息をついた。

桃色の匂いが股間に充満していた。トロ蜜の匂いって、濃密で甘い。

手前のふたりが、その香りに気が付いたらしく、こちらを向いた。春奈はまだ角にクリを押し付けていた。

(すぐに外せるもんじゃない。余韻がたまらない)

上下に激しく擦ったのでスカートが、めくれ上がっていた。パンストとその下の純白パンティが角に凹《へこ》んでいる様子がありありと見えている。

サラリーマンスーツの男の手が震えている。ゴクリと唾を飲んだ。その拍子に机を軽く押した。

「わっ」

鋭角がズンと切り込んできた。

パチンッ。

パンストの真ん中が破れる。もう一度、グサッときた。気持ちよすぎて眩暈《めまい》がした。

ジュッ。軽く噴いた。

「あっ、あっ、あっ」

里美がふたりの注意を引こうと。小さく声をあげながら、まん筋を擦ってくれた。

またまたふたりはそちらに、首を曲げてくれた。

（いまあなたたちが見た、私のマン所は幻よ）

春奈はこの隙に、股を引いた。なにごともなかったように、藤倉のほうへ振り返った。藤倉はまだ電話をしていた。窓のほうを向いていたので、気が付いていないらしい。

春奈は公約を読みつづけた。

「……大型施設の誘致ばかりに目を向けているわけではありません。商店街の発展を目指して、町おこしイベントを多数手掛けていきます。私、潮村春奈の政策はシャッター街を復活させることにあるのです」

なるほどいい公約だった。大きな話で風呂敷を拡げて、商店街復興という現実的な政策に引っ張っていく、上手い戦略だった。さすがは、プロが考えたことだけはある。

藤倉が電話を置いた。椅子を回転させて、春奈のほうを向いた。

「潮村君。明日の出陣式には、党関係者だけでなく、支援企業からも大勢の人が集まってくれることになった。派手に行こうぜ。パーッとさ」

でかい鼻梁《びりょう》に汗を浮かべながらいっている。

「わかりました。しっかりと挨拶をさせていただきます」

春奈は深々と頭を下げた。ここまでスタンバイしてもらっているのだ、その神輿《みこし》に乗って、自分なりに最善を尽くすしかない。

「あぁああっ」

背中で今村里美のエクスタシーの声を聞いた。ボランティアたちに、のちのち、どう説明する気だろう。

とにかく、彼女が最高のパートナーであることはわかった。たぶんどんな局面でも、自分を助けてくれる人だ。これからは快感の声だけではなく、彼女のオリエンテーションにもちゃんと耳を傾けることにしよう。

3

「ところで……」

藤倉が机の下に頭を潜り込ませ、なにやら引き出した。紙袋だった。

「明日の出陣式で着る衣装、おれが昨日秋葉原《あきはばら》で探してきた」

秋葉原というのがなんとなく引っかかったが、春奈は満面に笑みを浮かべた。衣装のことは気になっていたことだ。選挙用のスーツなんて持っていない。里美を当てにしていただけだ。

「やっぱり女性候補者は、赤の勝負スーツですか？」

春奈は紙袋を引き寄せながら、中身を想像した。

「赤スーツなんて、婆《ばばあ》候補者が、若さを強調するために着るようなものだ。ほんとに若い潮村君は、そんな小細工なんていらない」

藤倉が自信ありげに腕を組んだ。

中身を取り出した。透明なビニールの袋がふたつ出てきた。

「これはっ」

思わず息を呑《の》んだ。ぺらっぺらに薄い黄色のニットセーターに、ピンクのマイクロミニだった。

「あの、山奥のキャバクラでも、これ着ないと思いますけど」

春奈は口を尖らせた。里美がすぐに走り寄ってきた。パンツの前がしわくちゃになったままだった。まん筋がまだ窪《くぼ》んだままだ。

「素敵じゃないっ、潮村さん。藤倉会長、さすがの見立てですねっ」

助けてくれるかと思いきや、手を叩いてまで、賞賛している。股を窪ませた女にそんなこと言われたくない。

「いくらなんでも。特にこのミニはパンツ見えちゃいますよっ」

春奈は抵抗した。藤倉の眼が光った。

「潮村君。さっき言ったよね。選挙は戦争だと。恥ずかしいとか、センスがないとか言わないでほしい。目立ってなんぼの選挙運動だっ。女性候補者がパンツを見せるのは常套《じょうとう》手段じゃないか」

「そうよ。選挙カーの上はまさに、ディスコのお立ち台。エロく踊ってみせてこその女性候補者というものよ」

　里美までが追い打ちをかけてきた。

　春奈は、鼻でも摘まみたい思いで、衣装を手に取った。ニットセーターとマイクロミニを身体に当ててみた。

　ほとんどサマーニットに近い黄色のセーターは、むっちり体形の春奈が着たならば、ブラジャーの色や柄まで透けて見えそうだった。ミニは、スカートというより腹巻だった。

「それ着たら、エロいわ」

　と、里美。

「売りはソコだけですか？」

　春奈は反発してみた。

「もちろんだとも」

　藤倉に引導を渡された。

　覚悟を決めるしかなかった。確かにこの上下を身体に当ててみると、不思議なエクスタシーを得た。裸で歩くよりもエロいかも知れない。

「心して、この衣装、纏《まと》わせていただきます」

春奈は腹を括《くく》った。

明日はノーブラ、ノーパンで行ってやる。目には目をだ。

「では私たちはこれで引き上げます。藤倉会長、明日からなにとぞよろしくお願いいたします」

里美が頭を下げている。春奈も続いて腰を折った。ずるっ、とスカートが上がった。もっと深くお辞儀をした。後方から生唾を飲む音が聞こえた。パンストは穴が開いている。今度は生パン見せだった。

市連本部の扉を閉めて廊下に出るなり、里美が言った。

「私、トイレに行ってくる」

「私も行きます」

目的は多分一緒。穴を掻き回さないことには、終われない。

「女子の個室、ひとつなの。いまは私に優先権があるわよね」

里美はすでに黒パンツの股間を押さえている。

「仕方ないですね」

角まんの時に咄嗟《とっさ》にカバーしてくれたのは里美だ。ここは譲るしかあるまい。

「男子にも一部屋あるよ」

春奈は自然に笑みをこぼした。

「でも、いまの状況だと、男たちもすぐに扱《しご》きに来るわね。パンツ見て、女の角まんを盗み見たんだよ。ふつうじっとしてられないでしょう」

里美が勝ち誇ったように言い、クルリと背を向けた。急ぎ足で「女子」と書かれた扉に向かって行ってしまった。

ちぇっ。

男子トイレで指入れするにはリスクがありすぎる。

春奈は血走る目で、隠れ場所を探した。

(階段っ、階段の踊り場があればっ)

オナ癖の女は、ちょっとした隠れ場所でも平気で出来るのだ。どうせこの階の人間はエレベーターしか使わないはずだ。

廊下を歩きながら階段を探した。ないっ。太腿と太腿の付け根にある真ん中の穴が、もうウズウズしてしょうがないのに、階段がないとはなにごとだ。

いまごろ里美が、あの知性的な顔を、くしゃくしゃにして、指を出し入れしていると妄想しただけで、蜜が湧いてくる。

（あぁあ、掻《か》き回したいっ）

救いの手が伸びてきた。

廊下の奥に『非常口』とあった。外階段。間違いないっ。すぐに走って、扉を開けた。まごうことなき、鉄の階段が眼前に広がった。見上げれば青い空。

（これは青オナだ）

高校生の頃、学校の屋上でやって以来の青オナが出来る。春奈はわくわくした。

外の鉄製階段の踊り場に出て、扉を閉めた。すぐにしゃがんだ。大きく股を開く。

ビリリとパンストの穴が広がる音。これだけでもう快感だった。

その穴の中に手を突っ込んだ。股布を寄せるのも、もどかしく、縁から指を突っ込んだ。

ぬるぬるだった。まん所全体を撫《な》でまわしたいところだけど、余裕がなかった。

人差し指と薬指で小陰唇を開いた。ぬちゃっ。

中指を膣口《ちつこう》に落とす。ぬぽっ。

「あぁあ、入った。藤倉会長」

何故だか藤倉の男根が挿入される場面を妄想していた。そのまま中指を抽送した。

しゅっ、しゅっ、ねちゃ。

すぐに快感が湧き上がってきた。ときどき指を曲げて鉤形《かぎ》にして膣壁を抉る《えぐ》。

「あぁあああっ」

感覚が宙に浮いたようになった。肉層が狭まってきた。この圧迫感がたまらない。

春奈は中指をクルンクルンと回した。

（中指って、いいいっ）

人差し指よりもぎこちなくていいのだ。

地上から行き交う車のクラクションの音や信号機の変わる音楽が聞こえた。その日常の音を聞きながら、指を抽送したり、回したりした。

（青オナ、最高っ）

すぐに絶頂がやってきた。指だけではなく、手のひら全体がべとべとになった。陰毛でちょっと拭く。

まだまだ終われない。

次は疑似男根挿入だ。つまり『指三本おまとめ挿入』。オナニーのラストはこれしかない。

中指を芯にして人差し指と薬指を重ね合わせる。太さは充分になる。

「藤倉会長、挿してっ」

またもや藤倉を想《おも》った。もっともいける顔だった。

ズボッ。おまとめ挿入をした。

「くぅうう。いいぃいいっ」

そのまま爆速で指をスライドさせた。ずんちゅっ、ぬんちゃっ。ずんちゅっ。

「はっ、あぁっ、いく、いく」

何度も極点を見たが、まだまだ昇りたかった。春奈は摩擦し続けた。抽送だけでは物足りなくなり、まとめていた三本の指と肉壺の中で、ぱっと開いた。

「うぅう、いいっ、パラシュート・フィンガー……んんぁあ」

ばーんと扉が開いたのは、その時だった。

鉄の扉に身体が押された。

「うわぁ〜、ひっくり返る」

春奈は踊り場で仰向《あおむ》けに転がされた。

まん穴に指を三本入れたまま、蛙《かえる》のようにひっくり返っていた。青空を旅客機が飛んでいた。翼にANA《あな》のマーク。こっちの穴《ANA》も見えるかな。春奈は、指でまん口を左右にぎゅぅっと広げてみせた。

春奈と飛行機、千五百メートル以上は離れている。

（乗客に見せるのは無理か、私のＡＮＡ）

4

「えっ？」

空や飛行機に見とれている場合ではなかった。

扉の向こう側から男がひとり出て来た。ズボンのチャックを下ろして、男根を抜きだそうとしている。その下半身だけが見えた。サラリーマンスーツ。

「な、何する気？」

勃起した肉棹を引き出している。紅い亀頭の尖端《せんたん》だけが見えてきた。

（やめてよっ）

ここで立ちションなんかされたら、たまらない。

（私、まん所で受けることになってしまうっ）

春奈はとにかく股を閉じて、立ち上がろうとした。

「おぉおっ」

男も悲鳴を上げていた。党市連本部にいたボランティアのひとり、サラリーマンスーツの男だった。

「潮村さん、あなたって人は、それでも、市議の候補者ですかっ」

男に怒鳴られた。無理もない、扉を開けたら、仰向けでまん中《ちゅう》に指を入れている女がいたのだ。立場が変われば、春奈だって卒倒する。

「いやいやいや……ごめんなさいっ」

謝るしかないだろう。でもなんで、この男は陰茎を曝《さら》しているのだろう。

「ぼ、ぼくはね、あなたのために立候補を取りやめたんですよ」

「えっ、あなたが山川宏幸さん？」

男は頷いた。

「それは怒るのも無理ないですね。でも山川さん、なんでおち×ちん出しているでんすか？　男性候補者なら露出しても、いいんですか？」

春奈は反撃した。

「これは、トイレが空いていなかったから、つい急いで……」

「男子も満員なんですか？」

言ってからピンときた。

（男たちの人たちも、淫気を起こしてトイレに走ったんだっ）

で、山川はトイレに出遅れて、我慢しきれずに、階段に抜きに来たわけだ。気持ちは同じだ。選んだ場所も同じだ。そしてお互い淫気を催している。

「あの山川さん、世の中には、運、不運はつきものです。私は政治に何も興味を持っていなかったし、突然、白羽の矢を立てられて、困惑しているだけです」

「ぼくは、四年待ったんだ。政治も法律も勉強したし政策もたてた。でも立候補できない」

山川は唇を嚙《か》み、同時に陰茎をきつく握った。気持ちが昂《たかぶ》っている様子。

（私も、切羽詰まった時、必ず指を入れたくなる）

きっと同じ。

「協力しあいませんか？」

春奈は立ち上がり、山川宏幸の唇にキスをした。

顔と顔を重ねると、股間と股間も触れあった。山川の怒張した陰茎が春奈の茂みに触れている。

（もうちょっと下）

春奈は山川の唇に舌を差し入れながら、軽く爪先を上げた。

ずるっ。春奈の腰が上がって、股間の真下にずっぽり、男茎が入ってきた。素股状態。ぎゅっと腿を閉じた。

「んはっ」

山川がキスをしたまま呻《うめ》いた。

「私、四年で降ります。四年やっている間に、山川さんの選挙準備、バックアップします」

腰をゆっくり振りながら言った。入れてない。肉溝に男根を挟んだまま、にゅるにゅると動かした。

「ぼくのほうは何を協力すればいい？」

「挿入っ」

春奈は片足を上げた。まん所の平面が上を向く。亀頭の入射角度が最適になった。

早く巨砲が欲しくて、ヌルヌルになっている。

「フェラチオしてあげる余裕がなくて、ごめんなさい」

大急ぎでやるしかない。春奈は詫《わ》びた。

「さっきの角まんはフェラ以上の効果だった」

何だ、知っていたんだ。

「じゃぁ山川さん。すぐに、挿しまんして」

「わかった」

山川が腰を一度引いて、振り戻してきた。びゅんっ、ぐしゅっ。

片足立ちのまま、まん所に肉棒を当てられた。

「ぁあぁんっ」

亀頭が小陰唇を押しのけて、淫穴に分け入ってくる。針の穴ほどに小さな淫穴が太い男頭に、じわじわと開かれていく。

「うぅわぁああんっ」

股の谷間に鉛色の巨肉が打ちこまれてきた。春奈の淫穴が湯蜜を噴き上げている。

亀頭冠が入ってきた。ゆで卵が一気に入ってきた感じ。

「狭いっ」

山川が口を「へ」の字に曲げて、唸っている。

「ぁあああっ……いいっ。でも……心は広いから」

「そう、願いたいっ。くわっ」

もう一押しされた。にゅるん、と亀頭冠が肉層の中ほどへもぐりこみ、肉胴の半分まで埋まった。挿入率五十パーセント。そこで山川はいったん止めた。

ちょっと卑怯《ひきょう》。

「んんん」

春奈は焦《じ》れた。もう一歩踏み込んでほしい。

鰓《えら》でまん筒の中腹を押し広げられ、じっと止められた。

「はぁ、あぁ、はぁ」

上擦った声を上げ、肉路を収縮させた。くちゅ、くちゅ、くちゅ。山川の鰓と亀頭を圧迫してやる。

「おぉおおっ」

山川も顔をしかめた。喜悦に歪《ゆが》んでいる。山川も山川で、鰓を軽く摩擦させている。なんとも微妙な刺激で、じわじわと膣壁を揺さぶってくる。淫液が一気に溢《あふ》れ出して、気持ちだけで一回昇ってしまった。

（いやぁ〜、もっと、奥に突っ込んでっ）

春奈は祈るような気持ちで待った。ズコーンと、早く来いっ。肉芽もざわめき立っている。

（あれれ？）

山川はその位置から、亀頭を引き上げ始めた。ぬぽっ、ぬぽっ、ぬぽ〜。

（うそっ、な、なんてことを……）

中腹まで攻め込んでおいて、そこから引き上げるなんて、とんでもない淫法だ。

「いやぁああ」

こんなのセオリーにないっ。春奈は泣きじゃくった。とてつもない喪失感。

身体から文字通り芯棒を抜かれてしまう感じだ。

「いやっ、いやっ、いやっ」

激しく首を振って、抵抗した。山川の尻山に両手を当てて、自分から腰を打ち返そうとした。その時だった。

「ふわぁあ〜」

山川に支えになっていたほうの足を持ち上げられた。

「あっ」

身体を一瞬、宙に浮かされる。春奈は慌てて山川の首に抱きついた。胸をぴったりくっつけてしがみつく。

駅弁スタイルになった。そのタイミングを見計らったように、山川が腰を打ち返してきた。男根が根元まで、ずぼっと入る。

「わわぁああ〜。気持ちよすぎするっ」

山川の肉茎、超硬い。ぐっとくるほどの硬さだ。

「潮村さんの、おまんちょ、締まる」

山川も嬉しそうだ。どうやら相性がよさそう。男と女の相性は嵌《は》めてみるのが一番だ。山川とは、ぴったりだった。

「嵌めている時ぐらいは、春奈って呼んでっ」

甘えるように言った。出会って十五分ぐらいの男だが、肉と肉をくっつけちゃっている仲だ。どうせなら恋人気分でやりたい。

「わかった春奈ちゃんっ、とにかく気のすむまで、擦り合おうっ」

「それがいいわ。百回ぐらい昇れば、あとは清々して仕事に集中できる」

「よしっ」

山川が駅弁スタイルのまま、腰をがっくん、がっくん振ってきた。それも超高速スライドだ。

「あぁぁあ〜」

春奈は肉口からぽたぽたと粘液を垂らした。嬉しくて嬉しくて、溢れるほどにこぼれてくる。指を食い込まされた尻山を振るほどに蜜が方々へと飛び散っている。

喜悦に顔を歪めながらも下を向き、汁の行方を追った。

ちゅる〜ん。粘液が糸を曳きながら鉄階段の隙間を縫って地上へと落ちていく様子が見えた。

子供の頃、デパートの五階ぐらいから、階段の手すりの隙間を狙って、涎を落として遊んだことがある。つつつーって、涎がどこにも引っかからずに地上に落ちた時って、快感だった。

あの時のことを想い出す。いまは涎じゃなくて、まんだれ。

春奈は抜き差しされながらも、尻を微妙に動かして、汁を上手く落とそうと心掛けた。

と、山川が速度を速めてきた。ちょうどいい具合に二、三滴、まっすぐに落ちていったところだった。誰かの頭に当たれっ。春奈は子供の頃の涎落としと同じことを考えた。

「春奈ちゃん。まんだれ落としに夢中になっていないで、エッチに集中してっ」

駅弁を解かれ、鉄の床上に生尻を置かれた。

「いやん、ここ、ちょっと錆《さ》びているから、ちくちくする」

「濡らしちゃえば、ちくちくしないでしょう」

山川は案外、冷徹だった。

仰向けにさせられて、正常位で乗ってきた。もう一回入射角度を合わせて巨砲をまん中に突き立ててきた。ぬちゃくちゃと亀頭のうらがわをまんの湖面に擦りつけて潤している。

じっとしていられなくて、尻をくねくねと動かした。鉄の床がぬるぬるになった。

たしかに……山川の言う通り。

すっと、淫穴に男根が滑り込んできた。

んんっ。春奈は両脚を大きく開いた。

空にふたたび旅客機が姿を見せている。またＡＮＡだった。

「思い切り、ＡＮＡ《あな》に挿して」

「もちろんさ」

山川の男根の尖端が、ずぶずぶとまん肉を押しわけて入ってきた。

「わぁあああ、いいっ」

こんどは一気に根元まで滑り込ませてくる。ずっしりと重い肉塊だった。

春奈は山川の男根に圧倒されながら、ひたすら声をあげ続けた。ＡＮＡの乗客に届けとばかりに喘いだ。

男根の硬度も素晴らしかったが、山川のストロークの巧みさにも翻弄された。

スパーン、スッパーン、と深く突かれた後に、膣の浅瀬で、軽く律動される。チユン、チュン、という感じだった。

「あぁあ。それ、いいっ」

スッパーン。スッパーン。チュチュ、チュッ。膣層が煮え滾《たぎ》り、太腿が震えてきた。もちろん爪先はピンと伸び切っていた。

「うわぁああ、くるっ、きちゃう」

極点が見えてきていた。春奈は半身を起こして山川の唇を求めた。

夢中になって、舌を絡ませた。まん所に鉄柱を打ちこまれながら、舌を絡ませ合うのはなんと甘美なことか。口もまん所と同じほどねちゃくちゃになった。

「いいっ」

みずから腰を打ち返したとたんに、極上の波が襲ってきた。

「わぁあああああ、いっくぅうう」

通りを歩く人々が、足を止めるのではないかと思うほどの、歓声をあげた。肉壺を急速に狭めていた。

「おぉおおっ。凄い締めつけっ。こっちも出ちゃうっ」

「出して、出してっ」

じゅっ。熱波が飛んできた。第一波が子宮を思いきり叩いた。

「熱っ」

次の瞬間、大量の精汁がとめどなく流れ込んでくる。肉壺がぐちゃぐちゃになった。それでも山川はまだ、軽く抽送している。

(汁まみれの肉路で動かされるのって、凄くいいっ)

春奈は山川の背中に手を回して、きつく指を食い込ませた。しばらく余韻を楽しんでいたい。

互いに呼吸が正常に戻り、ようやく立ち上がることが出来た。

ふらふらになって廊下に出ると、男子トイレの扉が開いていた。

「あっ」

覗いて驚いた。トイレの中央。今村里美が跪《ひざまず》いて残り三人の男たちに手淫とフェラを施していた。前の大学生風の男のを咥《くわ》え込み、左右に立つ中年男たちを、せっせと扱いている。

「すげぇ」

山川が目を丸くして自分も入っていこうとしたので、春奈は彼の股間に手を伸ばし、思い切り金玉を握りつぶしてやった。たったいま、抜いたじゃないかっ。

第三章　桃色選挙

1

びちゃっ。額に滴が落ちてきた。

「雨か？」

藤倉光輝は上空を見上げた。

自分のビルの外階段のてっぺんで、
まん所をさらして、汁をたらしている女がいた。

「とんでもねぇことをしやがる」

藤倉光輝は額のまん汁を拭いながら、中央通りを急いだ。先の信号を右に曲がれば、花吹雪通り。桜並木の道である。

八重桜が満開に咲いていた。染井吉野より少し遅く咲くせいもあってか、いまが見ごろである。

藤倉はその咲き乱れる重弁の花を眺めながら、高島裕子《たかしまゆうこ》の事務所へと向かった。

（八重桜って、女のアソコに似ている）

そう思う男は自分だけだろうか？

三月後半から四月上旬に咲く染井吉野は、白く儚《はかな》く、耽美《たんび》的である。まさに日本の国花のような美しさだ。

それはそれでいいのだけれど、藤倉は八重桜のほうが好きであった。なんとなく花柳界の賑《にぎ》やかさがある。染井吉野の白さに対して八重桜はどピンクだ。

（なんか、下品でよくねぇか？）

十三年前、田中市の新名所を作るために、この通りを桜並木にする案を提出したのは高島裕子である。当時は二十五歳の最年少市議。いまは都議に進んでいる。三十八歳になったはずだ。

当初、染井吉野を植えると言い張った役所や裕子を、八重桜にするように説得したのは自分である。

（あの先生のアソコを見た以上、八重桜しかなかった）

藤倉は高島裕子が初出馬した時も、後援会の大番頭として参謀を務めた。以来、ねんごろの付き合いとなっている。

（先輩先生にあんまりやきもちを焼かせると厄介だ）

藤倉は十三年ぶりに市議に女性候補を立てるとあって、裕子の機嫌を第一に考えていた。

（なんとか応援してもらわなければならない）

しかし女性議員は女性候補者に厳しい。表面上「同性同士、応援するわ」といっても、心底そうなることはまずない。嫉妬が先に立つ。政治家とはそういう生き物だ。

ましてや今回の潮村春奈は美貌の持ち主だ。裕子が将来のライバル出現と踏んでも不思議ではない。

そして、政治家はライバルを早めに潰しておこうとする。

（なんとか機嫌を取るしかない）

それも民自党田中市支部の後援会長の役目だと、腹を括っていた。

八重桜を眺めていると、裕子の大陰唇と小陰唇が重なって開いていく様子を思い浮かべてしまった。

（勃起したまま扉を開けるのは、まずいよな）

気が付くと瀟洒《しょうしゃ》な煉瓦《れんが》造りのビルの前に着いていた。これも藤倉の持ちビルのひとつだが、二階を裕子の個人事務所に提供していた。建前上の家賃は取っている。最上階ではなく、あえて二階にしたのは、窓からちょうど八重桜の花が見えるようにしたためだ。

エレベーターを使わず、階段を上がった。

五十六ともなれば、足腰が弱くなる。日頃の運動不足を解消するために、藤倉は二階程度は自力で上ることにしていた。

「裕子先生、こんちは」

愛想笑いを浮かべて事務所に入った。

「あ〜ら。藤倉パパ、ようこそっ」

裕子はデスクではなく、部屋の中央に置かれた応接セットのソファで雑誌を読んでいた。ロイヤルブルーのスーツを品よく着こなしている。

「おや、秘書さんたち、今日は休みかい？」

いつもなら、四人ほどいるスタッフが見当たらない。

「藤倉会長がおいでになるんだもの、みんな追っ払っておいたわよ。鍵締めてくれましたよね？」

パールピンクの口紅を塗った唇を、舌で舐めながら言っている。

「はい、はい、相変わらずスケベな顔ですね」

藤倉は後ろ手で扉の鍵をパチンと締めた。

「スケべって言われるぐらい、嬉しいことはないわね」

裕子は足を組み替えた。ちらっとパンティが見えた。ファイヤーレッド。

スーツの青との組み合わせはまさにブリティッシュだ。

藤倉は裕子の目の前に座った。間にあるのは樫《かし》のローテーブルだ。

「で、会長。市議選、若くて可愛《かわい》い女の子が見つかったんですってね」

裕子の方から切り出してきた。瞳は笑っているが、眉根が少し吊《つ》り上がっている。

危険信号だ。

「若いっていっても二十七歳だよ。裕子先生が初当選した記録は破られていない。なんたってあの時の裕子旋風は凄かった」

とにかく持ち上げた。なにがなんでも、高島裕子を応援演説に引っ張り出さなくてはならない。藤倉は、揉み手までしていた。

「先生っていうのやめて。熟女扱いされているみたいで、いやなの」

　また脚を組み替えた。女の濃密な匂いがする。

（人の顔見ながら、太腿でまんじゅう寄せをして、クリ潰ししていやがる）

　藤倉は咄嗟に見抜いた。こんな匂いは発情していなければ出てくるものではない。甘くてちょっと酸っぱいフェロモンの香りだ。

「では、高島さん……候補者なんですが……」

　頭を掻《か》きながら言った。

「苗字《みょうじ》で呼ぶのもやめてっ」

　眉だけではなく、目尻も吊り上げている。裕子がそうとうイラついている時に見せる顔だった。

「はいはい、裕子さん」

「さんもとって」

　頬を膨らませている。まるでわがままな女子高生だ。

「あのな、裕子ちゃん」

　藤倉のほうがイラついてきた。

「ちゃん、なんて子ども扱いしないで」

挑むような視線で言われた。

「裕子っ、いい加減しねぇかっ。誰のおかげで議員になれたと思っているんだっ」

思わずテーブルを拳で叩《たた》いていた。自分のほうが切れてしまった。

きづくと啖呵を切っていた。

「ごちゃごちゃ、言ってんじゃねぇ。おまえを都議にまでしてやったのはこの俺だ。若い新人が出るからって、いちいち妬《や》いててんじゃねぇよ」

「ぁあんっ。会長、素敵っ。そうこうなくちゃ」

裕子が蕩《とろ》けるような瞳になった。

この女、下手《したて》に出るとつけあがるが、叩くと従順になる。しかも昂奮するタイプだった。

裕子はもうスーツの上着を脱ぎはじめている。

恥ずかしそうな顔をしているが、いそいそと脱いでいる。

（これだから、女はわからない）

白のブラウスになった。下からブラジャーが透けて見えている。パンティと同じファイヤーレッド。レースの縁取りになっているところまではっきり見える。

「白ブラウスに赤ブラか。正しい日本の議員だ」

藤倉も上着を脱ぎながら言った。

「やだぁ、そんな言い方。今朝は役所に陳情に行ってきたのよ。道路課の課長に桜並木をもっと長くしたいから、予算つけられないかって？」

口を尖らせている。エッチな唇だ。

「八重桜、そんなに好きか？」

「大好き。だって私のココに似ているんでしょう？」

裕子は両脚を広げて見せてくれた。

パンティが露出された。

紅《あか》い股布に黒い染み。縦の皺《しわ》が寄っていた。

「パンティが邪魔くさい」

藤倉は上半身を屈めて言った。ローテーブルの上に顎を乗せ、裕子の股間を覗きこんでやる。

「あんっ、その目、感じちゃう」

裕子が股布を脇に寄せた。女性都議会議員のまん所が、もっこり現われる。

むわぁ～。熟した白桃みたいな甘い香りがする。

「エッチ臭い匂いだなぁ」

「だって、むらむらしているんですもの」

「筋だけ見ても、こちらは、燃えんがね」

肉襞はまだ貼りついていた。

「はい、すぐに満開にします」

ねちゃ。裕子が股間に右手を這《は》わせ、人差し指と中指で逆Vサインを作った。

「おぉお、くっちゃ、くっちゃ、だな」

さすがに藤倉も感嘆の声をあげた。高島裕子の開いた肉陸の中、白い糸が縦横無尽に曳かれていて、一見「濡《ぬ》れた蜘蛛《くも》の巣」状態。

藤倉のズボンの中心がずきんと痛んだ。急速勃起なので、トランクスの裾から亀頭がはみ出していた。居心地が悪いので、手を這わせ、亀頭の位置を上に向けた。

「会長、飛び出してきそうですね」

裕子がトロンとした瞳で、藤倉のベルトの辺りを眺めている。

「濡れまんの女にいわれたくないなぁ」

口舌の応戦をしながら、藤倉はベルト緩めた。もう苦しくてしょうがない。チャックも降ろすと、巨木が倒れるように、トランクスの中心がはみ出してきた。

「相変わらず、お見事な棹《さお》っ。あんっ」

藤倉の肉根の張り具合を観察しながら、裕子がクリ皮を剝いていた。ちろっと出た小梅を、小指の腹で擦っている。微妙に、触るか触らない程度の弄り方。

（なんとも、いやらしい触り方だ）

藤倉はあえて窓のほうに視線を向けた。二階の窓と同じ高さに、八重桜が咲き誇っていた。

「裕子のまんちょんが、何個も、枝に付いているみたいだな」

濃い紫の花びら。重なりあった花びらの中心にまだ朝露が残っていた。

「私のも、あんなにきれい？」

裕子がうっとりとした声をあげた。たぶんクリを擦っている。

「いいや、おまえのは、もっと濃いピンクだ。スケベ丸出しの濃さ」

「ひどーいっ。あっ」

びちゃっ。粘液を床に垂らしている。藤倉は知らん顔をした。

「ところで、市議選、応援演説してくれるんだろうな」

「あんっ、ううう〜ん。立会演説会とかぁ？」

オナニーに忙しく、藤倉の話をようやく聞いているという声だった。

「それに、選挙カー。ぜんぶじゃなくていい。官庁街と本町の豊山百貨店の前でやる時だけで、いい」

藤倉は、ちらっと優子のほうを見た。眉がハの字に垂れ下がっていた。唇の端に涎が溜《た》まっている。右腕が激しく動いていた。あえてまん所は覗かなかった。見てしまったら、冷静に詰め寄れなくなる。

「あっ、あっ、あっ、ちょっと待って。いま一回いってから」

裕子は絶頂に向かって必死だ。

ふんっ、邪魔してやる。

「だめだ、スケジュール帳を開けっ。日程を言うぞっ」

絶対、中断させてやる。

「あぁあ、いやぁあああ」

「スケジュール帳を取ってこないと、俺、帰るぞ」

藤倉はソファから腰を浮かせた。

「いやぁあああああっ」

裕子がいきなり自慰を止め、ふらふらと立ち上がった。

「お願い、行かないで」

視線は定まっていなかった。

濡れまくっている淫所に、股布をくっつけたくはないだろう。

スカートを穿《は》いたまま、片足ずつ上げ、赤いパンティを足首から抜いていた。その仕草の間中、股の付け根からねちゃくちゃと肉襞《ひだ》が擦れる音がした。その音を聞くたびに、藤倉の肉棹が跳ねあがった。

「これが市議選中の私のスケジュール。好きな日を使っていいわ」

予定表をそのまま渡された。裕子はまたソファに掛け直した。スカートを腰骨まで引き上げ、M字開脚している。

「あぁあ、いいっ」

クリに親指、穴に中指で、やっている。動かすたびに、小指がぴくぴく跳ねる。

その様子が可愛らしい。

藤倉はトランクスにテントを張ったまま、スケジュール帳に勝手に書き込んだ。

「あぁああ、いくぅう」

「いくのは、ちょっと待て」

そう制して藤倉は応援のためのオリエンテーションを始めた。


「それは、わかる」

「パンティ、脱ぐ」

「女性候補者の応援だから、服装は控えめにしてくれ。今回は裕子がパンツを見せる必要ないからな。黒のパンツスーツとか着たほうが、逆に格上に見える。それと……」

候補者の名前の連呼を頼むと、言おうとした。

「もう待てないっ、先に、いかせてっ」

裕子がブチ切れていた。

右腕の動きが速い。中指をフルスロットルで抽送していた。頭を背もたれに押し付け、天井を向いて大きく口を開いている。

「ぁあああっ」

しょうがない。一回いかせてやるしかない。

高島裕子という女に寛容さは禁物だと思いながらも、藤倉はとりあえず、話を切った。

2

「うううっ。会長も出してっ」

目を潤ませた裕子に懇願された。

「ばっかじゃねえの」

藤倉は突き放す。

本音を言えば、藤倉も、もう挿入したくて、しょうがなくなっていたのだが、この淫乱議員を操るには、この程度のことで気を許してはならないことも知っている。十三年来の「嵌め友」だ。何か魂胆があるのはわかっている。そうそうたやすく挿入などしてやらない。

「はっ、いくっ、うわっ」

裕子は藤倉に見せびらかすように、左手を白いブラウスの胸元に忍ばせて、ブラの内側をまさぐっていた。

たぶん乳首がはちきれそうなほどに膨らんでいる。思い切りしゃぶってやりたいが、とにかく、独りでやらせることにした。まだ仕事の段取りを決める話し合いが残っているのだ。

「あぁあああああ」

裕子がのけ反った。足を伸ばして、ローテーブルを蹴り飛ばしている。

「ううっわっ」

絶頂を見たようだった。

目が潤み、口角から泡を漏らしている。エッチで色っぽい表情だった。

（こんな顔を見せられたら、ほんとたまんねぇよ）

藤倉はトランクスの中に微量だが精を撒《ま》いていた。

女の本気の自慰を眺めるのは、花見で酔うよりも心地いい。

「はぁ～う」

裕子が一息ついた。いまは余韻を楽しんでいる様子だ。

藤倉はズボンの上から自分で金玉を握りながら、ふたたび八重桜を眺めた。

こころなしか花びらが、ひとまわり大きくなったように見えた。しかもひどく濡れている。

「会長。潮村春奈候補は、どんな衣装で、お立ち台に上がるの？」

五分ほどで、裕子は冷静さを取り戻していた。一番聞かれたくないことを、ズバリと切り出された。

桜から、彼女のほうへと向きなおると、高島裕子は政治家の顔になっていた。

（この女、淫気から覚めるときつい性格に戻る）

本音を言えば、こうなる前に、衣装や応援内容を詰めておきたかった。

「あんたの時と同じだ」

渋々答えた。

「うそでしょ。それじゃ、私との差別化がないじゃないっ」

やっぱり気づきやがった。藤倉は頭を掻いた。

パンツ丸出し選挙は高島裕子の専売特許のようなものなのだ。

さらにいえば選挙の回数が増えるたびに彼女のパンツ見せはうまくなっている。

パンティの股布の幅をどんどん狭め、穿いているのか、いないのか、判別しにくくするテクニックを身に付けていた。

いまや裕子の選挙となれば、カメラを抱えた男たちが群がることで有名だ。

「で、私には地味な恰好で来いって？」

「審判を受けるのは潮村春奈で、あんたじゃない」

藤倉は肩をすぼめて言った。

「だけど、私の次の選挙のインパクトが薄れるわ」

裕子の目がきつくなった。

ふと股間を見ると、まん所の上でクリトリスがピンと立っている。室内に牝《めす》の匂いが広がっている。

要注意だ。裕子は切れる。

「高島裕子は、もうパンツ見せなくても、政策自体に充分な実績がある。選挙は無風で通るよ」

「それじゃいやなのよっ。『選挙は戦争。女はパンツ見せてなんぼだ』って教えてくれたのは、会長じゃない」

「それは無名の新人の場合だ。市議を二期、都議もすでに二期目に入ったあんたがすることじゃない」

これは事実だ。そろそろ国政も視野に入った女が、いつまでも色気選挙しているのもどうかと思う。対立陣営に逆に足元をすくわれることにもなりかねない。

二年ほど前から藤倉は高島裕子の選挙政策を見直す時期が来たと睨んでいた。今回の市議選で女性候補者を擁立することになったのは、世代交代を告げる意味で良い機会でもある。

政策通に成長した高島裕子、あらたなお色気候補者潮村春奈。民自党としてはこの方がバランスがいい。

もっとも目の前の裕子が、聞き入れてくれた場合の話だ。

「だったら、お立ち台の上で、勝負させてよ。どっちの足元に、観客が寄ってくるのか、ためさせてよ」

そうら来た。対抗心丸出しだった。

「観客なんて呼ぶな。有権者だ」

藤倉は目尻をあげた。

「ごめんなさい」

さすがに裕子も頭を下げた。が、この案、ある。

「う～ん。しかしダブル股間見せはあるな。裏マスコミも書きたてるかもしれない」

潮村春奈の話題喚起にはもってこいの案だ。

「でしょ。会長。話題にしましょうよ、それも戦術よ」

「やってみるか……」

藤倉はため息をついた。こうなることも想定内だった。

吉と出るか、凶と出るかは、やってみないとわからない。

「お立ち台の上で『まん触《ざわ》り』もしてくれるんでしょう?」

裕子の目がまたトロンとしてきた。

色気を際立たせるために、裕子が選挙カーの上に立つたびに、藤倉は彼女のまん所をくじっていた。かならず声が良くなり、表情にも赤みがさすので、訴求力が強くなっていた。

「新人にはやるつもりだが、裕子はいいだろう」

藤倉は、ふたりも弄るのは、ちょっとめんどうくさかった。選挙カーの上で、ふたりの女の股間に気を使うのは疲れそうだ。

「いやよ。政策を訴えながら、まん所弄られるのって、最高にいい気持ちなんだからっ」

(やはり無理だったか)

藤倉は自分の両手を目の前で広げてみた。選挙一筋の手だ、指はもう皺だらけだった。

「この通り。もはや老人の手だ。ふたりを色気づけるには、無理がある。まん所弄りは潮村に専念させてくれ」

「いやっ、私、会長の左手がいいっ。挿し込みは薬指を……」

「勝手に決めるなっ」

「いいえ、左手で決定です」

いきなり裕子が藤倉の左側に座ってきた。触ってなんかやるもんか。

「ところで会長。共生党の候補者については、分析している?」

ぬっと裕子の手が伸びてきた。トランクスの上から、ぎゅっと棹を握られる。

「おぉおっ」

生地ごと握られ、軽く摩擦された。ざわざわして気持ちいい。藤倉はゴクリと生唾を飲んだ。

「田沼雄一《たぬまゆういち》だろう。福祉政策一本やりで来ると聞いている」

正直、それほど怖いとは思っていない。藤倉は共生党の組織票だけなら、民自党の敵ではないと考えていた。

田中市一区は二人区だ。

常に民自党と一心党《いっしんとう》で分け合い、共存共栄を図っている。どちらも保守系だった。

共生党が割り込む余地などないはずだった。

「気をつけたほうがいいわ。かなりなイケメン男よ。民自党にたいする批判票が一心党ではなく、共生党に集結する可能性があるわ。主婦層やインテリおばさんは、田沼雄一に相当入れあげると思うわよ」

裕子の男根摩擦の速度が上がってきた。

「うぬぬぬ」

浮動票の動きを推測する前に、亀頭の切っ先が開いてきてしまった。

「とりあえず、棹を外に出してくれないか。代わりのトランクスを持ってきていないんだ」

藤倉は、裕子の股間に手を伸ばしながら、目を細めた。

「あれ、会長。漏れちゃいそうなの？」

裕子がいたずらっぽく笑っている。

漏れそうどころではない。飛ばしてしまいそうだ。

「どろどろになったトランクスをまた穿き直したくない。そこは男も女も同じだ」

「ですか……ではっ」

いきなり、トランクスを引き下げられた。

「んがっ」

鬼の形相をした黒い亀頭が振り子のように落ちる。裕子の手が生肉棹を鷲摑《わしづか》みにした。

「相変わらずの、逞《たくま》しさ」

裕子がすぐに顔を下ろしてきて、亀側の裏筋に舌を伸ばしてきた。三角州の中心あたりを、じゅるりっ、とひと舐めされる。

藤倉は失神しそうになった。

ぶ厚い舌を亀頭の裏に張り付かせて、微妙に動かしてくるではないか。

もうたまらん。

温かすぎる。

「私が、田沼君に接近してあげようか？」

さらに、じゅるじゅると舐められた。今度は亀頭ではなく、棹の胴部。肉茎の全長が涎にまぶされていく。

「あぁあ」

藤倉は声をあげた。裕子の問いに同意したわけではない。気持ちよすぎて、呻かないわけにはいかなかった。ちんちんが蕩けてしまいそうだ。

「じゃぁ、私に任せて、彼を失墜させてあげる」

なにをする気だ、この小熟女め。

勝手に動くな、と言いたかったが、その前に、亀頭をカポリと咥《くわ》えられて、藤倉は、ひとこと、

「いいっ」

と呻くしかなかった。

「了解っ」

裕子は亀頭を口に含みながら、そう言うと、猛烈に唇を上下させてきた。

口蓋に包まれた亀頭が、さらにカチンコチンにされていく。男としてみっともないほどに、上擦った声をあげさせられていく。

じゅぽっ、ねちゃ、じゅぽっ。

「んんわぁ〜」

裕子は唇をゆっくり上下させながら、舌を肉胴に絡みつかせてくる。

もう何度も舐められているが、裕子は常に新しいバリエーションを織り交ぜてくる。

だからこの女に飽きるということがない。

今日は唇の上下運動はゆっくりで、舌先も亀頭の尖端に襲いかかってこない。

口に含んだままの男棹を、ねっとり、ねっとり舐めあげてくるのだ。

それにいつもより玉袋の握りが浅い。藤倉がすでに欲情液を充分に溜めているのを把握しているのだろう。

裕子はむりやり「抜き取り」には来なかった。

むしろやわやわと玉袋をあやされている感じだ。

硬直した亀頭から自然に精汁が溢《あふ》れるのを待っている、そんな感じだった。

小憎《こにく》たらしい。

昼のスライドもゆっくりだ。

男根の生殺しとはこのことだ。じわじわと自然爆発を誘われている感じだ。

「んんんんっ。金玉をギュッと握って、先っぽを、もっとじゅるじゅる舐めてくれ」

白旗を掲げる。藤倉のほうがお願いをしてしまった。今日は負けだ。

「じゃぁ、選挙カーの上では、私が会長の左手独占でいいのよね？」

「なんで、そんなに左手にこだわるんだ？　あぁ、早く、ぎゅっ、で、じゅるっ、と」

この言い方……自分は小学生か？

「だって、会長、左手のほうが、てんでぎこちないんだもの。まん所は、予定調和よりも不意の動きを好むものよ」

裕子が不敵に笑った。

「わかった。早く、ぎゅっ、と、じゅるる」

ふたたび間抜けな声をあげた。

「んんがっ」

とうとう裕子が金玉をきつく握り締めてくれた。

「市議選の応援は私の宣伝活動にもなるの。だから、たっぷり色っぽい姿を見せないとね。会長、頼みますよっ。左手っ」

言われながら、ぎゅんぎゅんと皺玉を握られた。これは、効くっ。

「おぉおおっ、いいっ」

精汁が公園の噴水みたいにぴゅんと飛んだ。

五十六歳。

第一波はちょっと勢いが足りてない。お願いした割には、情けない発射だった。

「かわいいっ」

小悪魔みたいな顔をした裕子に、続いてじゅるるるると、亀頭裏を舐められた。もうたまらない。玉袋から猛烈な勢いで噴き上げてきた男汁が、肉芯を通過して、切っ先が飛び出してきた。

「うわぁおぅ」

こんどは盛大に噴き上げた。ジェット噴流の勢いだ。

「あぁぁ、喉ちんこに、シャワー。刺激的」

裕子が棹をしゃぶりながら、ＣＭコピーみたいな言葉を吐いている。

それ、どんな刺激だよ？

想像している余裕などなかった。

そのまま、汁をどんどん噴き上げていく。無意識に腰を突き上げてしまうほどの快美感だ。藤倉はソファから転げ落ちそうなほど身体を伸ばし切った。

「直接、飲んじゃったっ」

爆射する男汁を、すべて飲み切った裕子に口を開けて見せられた。口中には一滴の精子も残っていなかった。

潮村春奈の応援の要請に来たのに、結局は裕子の宣伝活動にも一役買う羽目になった。やれやれという思いだ。

3

中央通り。潮村春奈選挙事務所の前には多くの聴衆が集まっていた。

これから本人に第一声をあげさせる。後援会長として身が引き締まる瞬間だ。

「潮村君を連れてきなさい」

担当プロデューサーの今村里美に告げた。里美とは二年ほど前から、共闘するようになっていた。参院議員で市連のボスでもある仲根大三郎の秘書から選プロに転向した女だ。

この二年で、ほとんど地元活動のない仲根の国政選挙、暴走しがちな高島裕子の都議選を共に戦った。ついでに隣接する神奈川の選挙もふたつほど援軍として共に参戦している。

藤倉は彼女の聡明さと大胆な選挙の進め方が気に入っていた。

里美が加入して以来、戦術のほとんどを任せていた。藤倉はもはや資金面の面倒を見るだけに徹しようと思っている。

選挙の手法もずいぶん変わった。昔は俗にいうどぶ板。有権者宅や支援団体を徹底的にまわる、足で稼ぐ選挙だった。

いまはそんなことよりもイメージ戦略が肝心な時代になった。

自分より今村里美の案のほうが優れていると思うようになったのも、そのせいだ。藤倉は、選挙は勝ちさえすればよいと充分心得ている。長年の経験からくるプライドよりも、現実的に勝てる方法を優先させる。

それが後援会長というものだ。

里美は里美で、女性候補者の「売り」が色気であることを理解し、訴求点をそこに絞ることに異論を挿し挟まなかった。

小難しい理屈もこねないし、局面によっては、男の藤倉でも考え付かないような、仕掛けをやる。

前回の高島裕子の選挙では対立候補に無所属の女性が参戦してきた。

地元ミニFM局のナビゲーターとして人気を得ていたので、浮動票はこの女に相当流れる気配だった。厄介なことにその女が徹底して裕子を標的にしてきた。セクシーポーズを批判してきたのだ。だが里美は逆にこの女にスキャンダルを仕掛けた。六本木《ろっぽんぎ》の一流ホストたちを大量に田中市に呼び、彼女の遊説先にすべて聴衆として送り込んだ。そして喝采をあげさせる。それだけでよかった。地元の普通の有権者が引いてしまった。浮動票とはそんなものである。

賢い戦術だった。

それにしても今村里美はいい女だ。常に黒のパンツスーツを着用しているが、ヒップの盛り上がり具合が、とても艶《なま》めかしく、遠くから眺めているだけでも、勃起してくる。

もっとも仲根大三郎のお手付きなのは明確なので、眺めるだけにしていた。業務上のパートナーとむやみに親しくなるのは、禍《わざわい》のもとである。藤倉は用心深い性格でもある。

「潮村候補者、用意が出来ました」

奥の支度部屋から里美が潮村春奈を連れて出てきた。

「おぉお。似合うぞ」

藤倉は思わず生唾を飲んだ。

潮村春奈に来た黄色い丸首ニットセーターは、ぴったり身体に張り付いていた。首をかしげてしまった。バストが揺れている。下乳から上に向けて、藤倉は視線を這い上がらせた。途中でポッチのように乳首がセーターを突き上げているのが見えた。

「おや？」

おいおい、生乳にセーターかよ？　大胆なことだ。

それでいいっ。

藤倉は付き添っている里美に指を丸めてみせた。ＯＫサインだ。里美は肩を竦《すく》めている。珍しく、焦っている表情だった。この案はどうやら潮村本人がそうしたらしい。

ならば、この候補者、いい根性している。

後方から事務方のスタッフである山川宏幸も付いてきた。総理じきじきの通達がなければ、この選挙に出ているのは彼のほうだったはずだ。

嫉妬をしていると思っていたら、意外に、積極的にサポートに回っている。

山川も見どころがある。藤倉は感心した。高島裕子が国政に回ったら、山川を都議の候補者に推薦しよう。

「おはようございます」

潮村春奈が目の前で、ぺこりと頭を下げた。バストが下方に向かって落ちていく。引力の法則というものだ。

この演出いいっ。

お辞儀をしながらも、上目使いで、藤倉に笑顔を見せている。媚《こ》び方が上手な子だ。

昨日も深々とお辞儀をする良い子だと感心させられたが、今朝はさらに深く頭を垂れているではないか。藤倉は潮村春奈のおっぱいに見とれた。

後方の山川宏幸が、潮村春奈のピンクのマイクロミニの臀部《でんぶ》を凝視していた。目が血走っている。

そうか……パンツが見えるんだ。

前にいる藤倉には生乳が垂れる様子を、後方の山川にはパンツを見せる恰好をあえてとっているわけだ。衣装の特徴を見事に引き出している。

こうなると、自分としてもこの候補者のパンツを早く見たくなる。

何色？　どんな形？　藤倉はわくわくしてきた。

「舞台も観客もすでに用意出来ている。頑張ってくれたまえ」

「はいっ」

潮村春奈は頭をあげた。バストも元の位置に戻る。

乳首がさっきより大きく見えた。セーターの裏側に擦れて硬直したみたいだ。

さらに、いいっ。

通りに面した舞台に向かって歩き出した潮村春奈が眩《まぶ》しく見えた。候補者としてそれは百点満点に近いオーラだった。

続いて自分の前を通過しようとした里美に、声をかけた。

「選挙カーに乗ったら、ところどころで俺が手を入れるのは、伝えてあるだろうね」

これは確認しておかなければならないことだった。セクハラでもパワハラでもない。戦術としての業務タッチだ。

「もちろんです。彼女も承知しています。艶出しタッチだといったら、それは楽しみだと言っていました」

里美が笑っていた。呆れているというような笑い方だった。

この選挙プロデューサーにして、手を焼いているという様子だった。あの候補者、高島裕子なみの大物に育つかもしれない。

「都議の応援のほうは？」

里美に聞かれた。

「まもなくやってくる」

出陣式を終えた頃に、選挙カーが到着することになっていた。地元の運送業者がマイクロバスを改良してルーフに五人は上がれる演台を作ってくれている。通称お立ち台。市議選レベルではほとんど使わない大型車だ。

女性候補者に替わったということから、急いで発注したのだ。野呂《のろ》運輸の井上伸《いのうえしん》介《すけ》専務が急遽用立ててくれた。神奈川に回る予定だった車を奪い返してくれたのだ。日頃はうすのろ運輸などと罵倒されているが、こういう仕事は早い。専務自身が支援者のひとりとして、バスに乗り込むからだ。

井上専務はいつも、マイクロバスの階段の下の位置で、候補者の乗り降りに手を貸す係を買って出ている。高島裕子のパンツを最高の角度で拝めるからだ。

今回も女性候補者と聞いて、大急ぎで選挙カーの手配をし直してくれたわけだ。

こういう支援企業があって、候補者は支えられている。だからパンツぐらいは思い切り見せてやるべきなのだ。

選挙カーと一緒に高島裕子もやってくることになっている。

天気は快晴。春風がかなり吹いていた。エッチな衣装に身をくるんだ潮村春奈が颯爽《さっそう》と正面玄関前の演台に上がっていった。

4

演台は三十センチぐらいしかなかった。ビールケースのようなものだった。

思ったより低い演台だったので、春奈はちょっとがっかりした。これでは、スカートの中が見せられない。

ちぇっ。

マイクを握りながら、あえて、太腿を胸の高さまで、一度上げて台に乗った。

どうだっ。陰毛ぐらい、見えたか？

聴衆はどよめかなかった。淡々と拍手が聞こえるのみ。いかにも動員をかけられたので来ました、という顔をしている人間ばかりだった。

太陽が背中側にいた。スカートの中は真っ暗にしか見えなかったようだ。残念。企画倒れ。

「みなさーん。潮村春奈と申します。このたび田中市市議会議員に立候補させていただくことになりました」

第一声を発した。今度は歓声があがった。最前列にいたおじいさんが、顔をポッと紅くしている。

どこからか「あの声、エロいっ」と言っている声が聞こえた。これだ。自分の強みはこのエロボイスだぜ。

声のトーンを一段と艶やかなものに変えてしゃべることにした。エロアニメのアテレコの際によく使う声帯だ。

「私ぃ、一区のみなさんの、ためにぃ、一肌も、二肌も、脱いじゃいますからぁ」

ニットセーターの裾を、ちょっとだけ裏返して、臍《へそ》を見せた。すぐに恥ずかしそうな顔を一回作って、元に戻した。

「かわいいぞぉ」

後方から若い男たちの声が飛んできた。あちこちいる主婦の人たちはしかめ面をしているけれどかまうものかっ。

「一区の基盤である、商店の活気を取り戻すことに、全力をあげまーす。商店街が元気になれば、田中市全体も盛り返してきますしぃ」

政策の要諦はすべて丸暗記していた。元々が声優だ。意味なんかわからなくても、しゃべることは大丈夫だ。意味がわからない言葉でも、滑舌よく伝えることはできる。

春奈は絶好調のトークで「第一声」を終えた。

大きな拍手が沸き上がった。

手ごたえありっ。

クリトリスがコリコリに固まり、淫穴から蜜がどっと溢れた。拍手をもらえるとまん所も嬉しがってしまう。

「それでは、これから、市中遊説に行ってまいりますっ」

もう一度片足を高々と掲げた。もちろん、台を降りる振りをしてだ。

目の前にいたおじいさんが、いきなり鼻血を出した。見えたのか？

春奈はウインクしてあげた。

通りに大きなマイクロバスがやってきた。何本もの幟《のぼり》が取りつけられていて、バスの胴体には垂れ幕が張られている。いずれもピンクの地に白抜きで民自党公認候補、潮村春奈と書かれている。

凄いことになっている。これはターミナル駅で総理大臣とか、政党の党首が大演説をするようなレベルのバスだ。

なんてこったっ。あの高さだったら、スカートの中は丸見えだ。うっかりすると公然猥褻《わいせつ》物陳列罪だ。

春奈は突然怖くなった。

選挙カーを見上げていると、風にたなびく幾本もの幟の中央からひとりの女が立ち上がってきた。都議の高島裕子だ。白いタートルセーターに同じく白の膝上五センチほどのフレアスカートだ。彼女にしたら地味な服装だった。

「御聴衆のみなさまっ。この高島裕子が、応援に駆け付けてまいりました」

まず自分の名前から言っている。言うかなぁ、ふつう。

男の聴衆がいきなり選挙カーに群がり携帯電話を取り出し、カメラモードにしている。高島はにこやかに手を振っていた。

「潮村さん、次期市会議員の潮村春奈さーん。いますかぁ」

さすがは十三年のキャリアがある政治家だ。すでに当選したかのように呼びかけてくる。

「高島先生っ、私まだ、当選していませんからっ」

春奈は顔の前で手を振った。

「あ～ら。その恰好ですもの、来週には、議員バッジを付けているわよぉ」

ちょっとシニカルなトーンで切り返された。春奈が選挙カーの高島裕子を見上げると、高島裕子の瞳は紫色に燃えていた。これは確実に嫉妬されている。春奈は唇を噛んだ。応援に来た先輩議員にあんな目で見られるとは思ってもいなかった。

（タレントの世界と同じなんだ）

気が付くと、すぐ傍らに選挙プロデューサーの里美が立っていた。

「春奈。成功する人間の特徴って知っている？」

この期《ご》に及んで里美は何を言いたいのだろう。春奈は首を横に振った。里美が凜《りん》とした表情で教えてくれた。

「成功する人間の特徴を見ていると面白いのよ。成功しない人のぜんぶ逆なんだもの」

「どういうことですか」

「ダメな人ってね、群れる、他人の噂《うわさ》ばかりしている、で、いつも誰かに嫉妬している、わかる?」

「たしかに」

春奈は頷いた。

「私、あなたのことぜんぶ調べたわ」

「身体検査ですね……」

「そう。その結果、潮村春奈は単独行動が好き。いつも噂話をされている。そして常に嫉妬の対象になっているということがわかったの」

「私、そんなに、身勝手な女になっているんでしょうか?」

「自分が思っている以上よ。勝手にノーパンでやってくるしね」

里美にスカートの股間を指さされた。ぞくぞくしちゃう。

「すみません……」

「だから、私たち選挙屋にとって、あなたは成功するタイプなの。当選ガールよ」

当選ガール? なんて響きの良い言葉だろう。

「自分のペースで行けってことですね」

春奈は笑顔を取り戻した。

「そういうことよ。キャラが被って、焦っているのは高島さんよ。お色気のバトルになると思うけど、こちらはピチピチの若さ、高島さんは美熟女の香りよ。バッティングはしないわ」

「じゃぁ、作戦通りでいいんですね」

春奈は里美にスカートの縁を捲ってみせた。かなり上げているにもかかわらず、パンティのラインは見えてこない。

「もちろんよ。私も藤倉会長も、いまはあなたを当選させることしか考えていないわ。それに山川さんも、もう味方でしょう。怖がることはないわ。お立ち台の上でなにがあっても、私たちがサポートするから。高島さんのこともうまく利用しましょう」

里美に肩をパンパンと叩かれた。元気が注入される。

「一週間、腹括って、戦います。里美さん、よろしくお願いします」

里美に深々と頭を下げた。うしろで山川宏幸が、またゴクリと生唾を飲んでいる。たぶん、お尻の割れ目まで丸見えにさせたと思う。

春奈は選挙カーに向かった。支援者たちにバンバンと背中を叩かれ、マイクロバスに上がった。

藤倉会長をはじめ事務所や党のスタッフがすでに乗り込んでいた。助手席にピンクのスーツを着た女子が座っていた。その子がマイクを握ったまま振り返ってきた。

「潮村先生、おはようございます。私、ウグイス担当の綾瀬優香《あやせゆうか》です」

目鼻立ちのはっきりした女の子だった。座っている姿からでも、スタイルのよさがわかる。

「こちらこそ、よろしく。色っぽい声でやってね」

「はいっ、先輩。エロボイスで行きます」

どうやら同じ事務所の子のようだった。心強い。里美と藤倉がすべて差配してくれているのはわかっている。あの人たちのためにも負けられない。

春奈は後部シートのさらに後ろに特設された階段へ進んだ。このマイクロバスを手配してくれたという運送会社の専務さんが階段下に立っていた。人のよさそうな中年。小太りで、テディベアみたいな感じの人だった。春奈は一発で好感を覚えた。

「お世話になります。よろしくおねがいします」

笑顔を振りまきながら、お立ち台に向かう階段を上った。ここはスカートの後ろを押さえるべきと、当初は予定していのだけれど、ティディベア専務がかわいらしかったので、大サービス。あえて尻を振りながら階段を上った。

下から見上げれば……。

（そりゃぁ、おま×こ丸見えでしょう）

春奈は特に最後の二段を大股にして一気に上った。しかもわざと数秒その恰好のまま同じ位置にとどまる。まん所に熱い視線を感じた。じゅわじゅわと濡れ、くっついていたはずの襞が、ぬちゃっ、と開くのがわかった。

ガラガラドスン。階下で音がした。

振り向いて見おろすと、ティデイベア専務が尻もちをついていた。痛いはずなのに、眉と目をハの字にして笑っている。どうやら尻もちをついたせいで、よけいに視角がいい具合になっているようだった。

春奈は、にっこり笑って、まん所に片手を這わせ、襞をV字にくつろげて見せてやった。ぬちゃり。

「んがっ」

専務の顔がさらに喜悦に歪み、鼻孔から赤い血がびゅんと飛び出した。

昂奮して鼻血を流すという言葉はよく耳にするが。目の当たりにしたのは、初めてだった。やりすぎたか……。

（ごめんなさい）

心の中で詫びて、春奈は勢いよく、選挙カーの屋上へと飛び出した。

「ずいぶん、待たせてくれるじゃない。市会議員さん」

高島裕子が小首を曲げて、唇を尖らせていた。都議の自分を待たせるとは、どういうこと？　みたいな顔だった。

「申し訳ありませんでした。それにしても、高島先生の美しさには圧倒されますね」

春奈は誉め殺しに出ることにした。これでも芸能人のはしくれだ。先輩への反撃方法は知っている。

「それに高島先生はいつも赤で勝負なのに、今日は白ずくめ。お気遣いありがとうございます。白のフレアスカートが素敵ですわ」

とにかく誉め称《たた》えた。

「あ〜ら、潮村先生を引き立てるために、この恰好にしたのではないのですよ。いまにわかるわ」

高島裕子がクルリと一回転してみせた。膝上のフレアスカートが見事に舞い上がり、水平になった。パンティが丸見えになる。たっぷり香水を振りかけてきたらしい。甘い匂いがあたり一面に漂った。シャネルっぽい。

「まぁっ」

春奈は嘆息せずにいられなかった。

高島裕子のパンティは、全面レースの透けパン。股間にぴったり張りついているので、まん毛がべったり広がって見えた。

(何する気だ、このおばさんっ)

思わずこめかみに筋を浮かべてしまった。

「スマイル、スマイル」

下から上がってきた里美に肩を叩かれ、たしなめられた。つづいて藤倉、山川も上がってくる。

「裕子先生、ひとつ穏便に頼みますよっ」

藤倉が高島を睨みつけた。

(そうだよ、これは私の選挙だ。人気を攫《さら》わないでほしい)

高島裕子が嫉妬に満ちた瞳で、こちらのスカートの裾を見つめている。一発、膝上げをして、まん所見せを食らわそうかと思ったが、ここは我慢した。

まん所は、出し時が肝心だ。ここではない。高島の挑発に乗ってなるものか。

「出発、出発、潮村君、見送りのみなさんに手を振って」

藤倉に声を掛けられ、我に返った。満面に笑みを浮かべ、聴衆に手を振った。

「行ってきまーす。どうぞ、みなさんよろしく」

続いて高島裕子がマイクに向かって叫んだ。

「潮村春奈先生をぜひ、市議会に送り込みましょう。潮村春奈、潮村春奈がいまから、遊説に出発します。潮村春奈を絶対当選させましょう」

とりあえず名前を連呼してくれているが、瞳に笑みはない。藤倉の左わきに、愛人のように寄り添いながら言っている。時おり、振り返り春奈に鋭い視線を投げかけてきた。ついこちらも力んでしまう。火花が散った。

中央通りを出発した選挙カーは花吹雪通りを抜け、珍々商店街へと入った。

微風。春の風がそよいでいる。

「聴衆が多いわ。ここで止めて、一発コールをかけましょう。マニュアル通りの商店街活性化を訴えてっ」

背中から里美の声が聞こえてくる。

通りの半分がシャッターを下ろしていたが、恐ろしいほどに聴衆が詰めかけていた。これこそ高島裕子効果だ。平日の朝だから、ほとんど中年のおっさん。みんなわざわざカメラを持ってきている。

ローアングルから高島裕子の股間を狙っているのは間違いない。

「みなさまっ、私、潮村春奈です。いま締まっているシャッターがすべて開くまで、振興政策を訴え続けます。まずは、後継者のいらっしゃらない店舗のレンタルを促進します。都心の有名店への貸し出しを促進し、この通りをブランド通りにいたしましょう。みなさまは家賃収入で老後も快適な暮らしが確保できます」

必死に訴えた。

しかし聞こえるのは拍手や声援ではなく、シャッター音ばかりだった。

ほとんどの聴衆が高島裕子の足元に寄っている。当然、春奈の話には誰も耳を傾けてはいない。政策を訴えても無意味だとあらためて思い知らされた。

春奈は里美の指示を仰ごうと、いそぎ振り返った。

「そろそろタイミングよ。あなたは、公約を言いながら、次第に力が入ったという風に股をひろげればいいの」

選挙プロデューサーの里美がもっと前に進むようにと、その位置を指さした。

高島の横に藤倉が立っていた。時折彼女の尻山を撫でたりしている。

「あれは、表情の色気出し」

里美が教えてくれる。

「あなたにもしてくれるわ」

都議の高島裕子は「潮村春奈」と書かれた小旗を振ってくれている。振りながら、いろんなポーズを取っていた。

身体を大きく左右に倒したり、思い切り前かがみになったりしているが、小旗を振るというより、自分の尻を振っているように見える。

なるほどやや短めのフレアスカートは抜群の威力を発揮していた。

動くたびにパラシュートのように広がるのだ。それに微風も幸いしている。そよそよと吹く風が、常にスカートの裾をたなびかせる効果をもたらしているのだ。彼女がフレアスカートにしてきた意味がわかった。

それに引き替え春奈の方は超ミニではあるが、腰に巻きつくタイプであった。自分が積極的に腿上げをしたり、屈まない限り、スカートは動かない。つまり中を見せられないのだ。

高島裕子はまさにパンツ見せの女王だった。TPOをわきまえていた。

春奈は唇を嚙みながら、自分もお立ち台の最前線へと進み出た。藤倉会長の横に立った。右横だった。すっと手が伸びてきて、スカートの後ろ裾を持ち上げられた。

これが里美から聞かされていた藤倉会長の女性候補者に対する秘策「お立ち台での色気出し」のようだ。

(私、こういうのOK。いっぱい触ってほしい)

「な、潮村君。パンツ見せが一円のコストもかからない最大の武器だということがわかっただろう」

「はいっ。誰も話なん聞いてくれません」

春奈は首を振ってみせた。正直、自分の名前を連呼するだけでいいような気がした。

「いいんだ。それでも公約を続けなさい。仲根大三郎先生は潮村君の声が印象に残ると言ったはずだ。たしかに俺もそう思う。その声を町の中に浸透させたら、投票所では、男は必ず潮村春奈と書く」

「信じていいんでしょうか?」

「間違いない。あんたの声は淫脳《いんのう》に響く」

「陰嚢《いんのう》ですか?」

春奈は藤倉の股間の手を伸ばし、軽くタッチしてみた。もちろんさりげなく、あくまでも、ついうっかりな感じで、だ。

びっくりした。藤倉の金玉はデカかった。肝の据わった男は玉も大きいというが、まさにその通りだ。

「そのインノウじゃねぇよ。脳のいやらしい部分が刺激されるということだ」

言いながら、藤倉がスカートに潜り込ませた指を尻山の上に這わせてきた。

(私の脳ももっとエッチにさせてっ)

そう念じながら春奈は尻を軽く揺すった。

フェザータッチだった。金玉が大きな男だから、もっと無骨な触り方をされるのかと思ったら、藤倉はとても繊細に手のひらを動かしている。

(いいっ)

尻全体が粟《あわ》だってくるようで、ぶつぶつの粒が浮いてきた。

「ぁあぁ」

春奈は、小さく呻いた。

「その声をマイクに乗せねぇと、意味がないだろう」

藤倉にどやされた。

「おれは、道楽であんたの尻を撫でているんじゃない……んんっ?」

そこで藤倉は言葉を切った。

「潮村君。パンツは？」

目を丸くしている。

「穿いていませんっ」

「ええええええっ」

狡猾《こうかつ》なイメージの強かった藤倉の顔が、見る間にムンクの「叫び」の顔に変わっていく。

「あんた、猥褻物陳列罪で捕まりたいのか？」

「パンツはOKで、まんちょんはNGなんですか？」

「と、当然だっ」

藤倉は尻から手を抜き、春奈のスカートの裾を懸命に抑え始めた。

「見せたらダメだ。写真という証拠が残ったら、あんた議員どころか、人として、永遠に干される」

「かまいませんけど」

「結婚とかにも響くんだぞ」

「人にまんちょんを見せたぐらいで、ガタガタいう男とはそもそも付き合いませんん」

春奈は毅然《きぜん》として言った。

「たいした玉だ」

藤倉はぽかんと口を開けていた。

「会長こそ、凄い玉」

春奈は藤倉の金玉をギュっとした。

「んんんん、わっ」

藤倉ムンクが金玉を押さえながら、叫んだ。

5

藤倉光輝は覚悟を決めた。

今度の女性候補者である潮村春奈は、政治家として高島裕子以上の金筋《きんすじ》である。

金玉をいきなり握られて、藤倉は彼女が市会議員レベルで終わるような女ではないと踏んだ。

さすがは民自党の古狸《ふるだぬき》仲根大三郎の眼力、いや臭覚に狂いはなかったということだ。

『いずれ田中市一区の柱になる人材だ。私の掌中の玉として磨いてくれ』

仲根に電話でそう言われた時は半信半疑だった。

なるほど民自党の大幹部にそこまで言わせる資質が、彼女にはある。

藤倉は春奈のスカートの中に手のひらを潜り込ませた。

尻など撫でている余裕はない。春奈はノーパンなのだ。うっかり腿を上げただけで、肉裂が衆目に曝されてしまう。この老いぼれた手で、しっかりと隠してやらなければならないのだ。

谷間にぴったり手を当てた。

（モザイクの代わりに、俺の手……）

ねちょっ、とした。

「どうぞ、ご自由に捏《こ》ねるなり、ほじるなりしてください。ソコを見せちゃいけないんだったら、会長がずっと手を当てているしかないですね」

「なんで濡れているんだ？」

「会長の玉触ったから。なんだかムラムラとなっています」

「聴衆が気にならないのか？」

「見せられないのが、残念です。だからさほど気になりません。どうせあとは自分の名前を連呼するだけですから。ま×こじゃありませんよ。連呼です」

「ばっかくせ。ダジャレなんか、言っている場合かよ」

「気になるのは、会長の手です」

「どうやって触ってほしい?」

「いや、私のだけじゃなくて、左手、高島先生のスカートの中にも入っていますね。ダブル・タッチですか?」

気づかれていた。

裕子にもお立ち台ではたっぷり触ってやると、約束してある。手を抜くわけにはいかない。抜き差しならぬことになったとはまさにこのことだ。

「まぁ、しょうがない。私は高島裕子を後援する立場にもある」

左手を軽く揺さぶった。こちらの指先は裕子のパンティのクリトリスの上を押していた。裕子の股底もじっとり湿って、生温かくなっている。

こっちはこっちで大人の蒸れ具合。

春奈と会話しながらも、この指を止めるわけにはいかない。くちゅくちゅとクリを引っ掻くように弄ってやった。裕子も嬉しそうに尻を振り立ててきた。

「後援っていうのは、後ろから手を回すってことなんですねぇ」

いちいち洒落のきつい女だ。

春奈が太腿をぴったりと閉じた。挿し込んでいた手のひらが、両腿に押されて、指が浮き上がってしまう。人差し指と薬指が大陰唇を押し広げる役目をし、中指が小陰唇の中心にめり込んだ。ぬちゃっ。花芯はヌルヌルだった。

「ぁあぁ」

春奈が呻いた。マイクに声が乗っている。青空がピンクに染まってしまいそうなほど、エッチ臭い声だった。

「呻くだけじゃだめだ。名前を言えっ」

藤倉は念を押し、花芯も押した。ぴちゃ、ぴちゃ、ぴちゃっ。人差し指の腹でピアノ鍵盤を叩くように、粘所を弾《はじ》いた。

「あぁあ、私ぃ、潮村ぁ、あっ、あぁ春奈ぁですっ、んんんっ」

春奈が激しく尻を振りながら、言っている。最高に艶のかかった声になっていた。

「潮村春奈を、潮村春奈を、あぁぁあああ。何卒《なにとぞ》いやらしく、(じゃないっ)よろしく……」

一瞬言い間違えた際に、じゃないっ、と言ったところは咄嗟《とっさ》にマイクを外していた。さすがプロだけのことはある。

その春奈が振り向いた。目の下が真っ赤に膨れている。

「会長、クリちょんとか、指ズボもしてくださいっ」

「んんん？」

「最後は、これで〈膣ドン〉してくださいよ」

金玉ではなく棹を思い切り握られた。ズボンの上からだが、思い切り握られた。

おかげで、玉袋がぎゅるると締まり、肉棹は、はち切れるほどに強直させられた。歳をとるほどに、きつく握られるのがよくなる。熱い風呂に入りたくなるのと同じだ。

「ここで、ハメろって？」

「はいっ。後ろからズドーンとお願いします。後ろから援助してくれるから後援会長でしょうっ」

なんて女だ。初立候補だというのに、聴衆を前にして緊張するどころか、その日の前で挿入しろと言っている。普通はここに立っただけで緊張するものだが。

しかし、ここで生嵌めはありえない。

まずは中指を伸ばして、マメに向かわせた。言われた通り、ちょん、をした。

（うわぁ、でっかいっ）

「きゃっ。気持ちいいっ」

巨粒のクリトリスに、藤倉は度胆を抜かれた。

「うわぁああん。潮村、ぁああん。春奈でぇーす。うわぁ、気持ちいいですねぇ。……ほら空が。こんなに美しい田中市の空に住む、みなさまを、私は、もっともっと気持ちよくさせたいと思って、いぃいい、まぁあああす」

アドリブで、訳のわからないことを口走り始めた春奈の足元に、次第に観衆が集まりだした。最初は藤倉から見て左側にいたカメラ中年たちの一群が、一気に右に寄ってきたのだ。

「濡れるぅうう」

春奈が昂奮した声を上げている。人が寄ってくるほどに、肉陸の濡れが増すとは、政治家よりストリッパーの才能があるのではないか。

尻を縦にガクガクと振っている。マメを自ら進んで藤倉の指に擦りつけてくる。こりっ、こりっ、こりっ。指から股間に向けて淫感が伝播《でんぱ》する思いだ。

「会長は、どんな具合ですか？」

春奈はマイクを片手に聴衆に呼びかけながらも、もう一方の手を藤倉の股間に伸ばしてくる。ファスナーを降ろされた。

「いや、俺が出すのはまずい。まてっ」

人生、五十六年になるが、これほど狼狽《うろた》えたことはない。ビル経営者。民自党市支部後援会長。商工会議所理事。田中カントリー倶楽部監査役。さまざまな肩書を持った自分が、選挙カーの上でちんこを出しているなどと騒がれたら、一巻の終わりだった。

おそらく顔面が蒼白《そうはく》になっているのではないか。

「まて、まて、まてっ、てばっ」

春奈は構わずファスナーの中に手をねじ入れてきて、さらにトランクスの下縁をまくり上げ、生棹を握りしめてきた。

「おぉおおっ。握るなっ。頼む、外には出さないでくれっ」

顔が皺くちゃになってきた。破顔ではない。羞恥に顔が破綻してしまいそうなのだ。

「握ると落ち着きます。温かいですね」

オフマイクで、春奈が、しれっと言った。

(俺のち×ぽはほかほかカイロか?)

「早めに挿入してくださいね。当てたら、押すだけで、すぐ入りますから」

春奈に亀頭を尻の割れ目の下あたりに誘導された。
（おい、おい、おい。嘘だろ、本当にここで入れるってか？）
ぬちゃ。ぱんぱんに張り詰めた亀頭を肉裂に当てられた。ヌルヌルして気持ちい
い。
粘膜と粘膜を触れ合わせるって、何十回やっても、いいものだ。
こうなるともう止めようがなくなる。幾つになっても、男はそこに〈穴〉があれ
ば挿し込みたくなる。
春奈が淫穴の上に亀頭を置きながら、尻を入射角度に合わせて突きだしてきた。
猫が、くいっ、と臀部を持ち上げた感じだ。
（それ、いくらなんでも不自然なポーズだろうよ）
ぬぷぬぷぬぷ。自然に亀頭が埋まっていく。
「あっ、みなさま、こんにちはぁぁあ。潮村春奈でございまぁぁあす」
春奈は知らん顔してマイクに向かっていたが……にゅるんっ。亀頭部だけが膣穴
に入ってしまった。
（いや、いや、いや、そりゃまずいってばよっ）
ふたりの女のまん所を同時に弄ってるために、両手が塞がっている。だから踏ん

張れない。引き抜くためには春奈の尻に両手を突かない限りむりだ。

藤倉は足を踏ん張り、それ以上引き込まれないように、腰に力を込めた。

「ちょっと、会長、何やっているの？」

最悪なことに裕子に気づかれた。

「んんん？　いや何も……」

そらとぼけて、笑顔を見せる。

裕子は両腿をくねらせながら、悩ましげな眼差《まなざ》しを寄越す。「もっと触って」の顔だった。

その時だった。後ろから山川宏幸が背中を押してきた。

「会長っ、そろそろ移動させる時間じゃ」

（わっ。こんな時に背中なんか押すなっ）

ずぼっ。

肉棹の全長を春奈の淫穴に挿し込んでしまった。剛直が、くにゃくにゃとした粘膜肉を押し広げ、肉底へと届いた。お立ち台の上で合体が完成してしまった。

「はっふぅうう」

春奈がさすがに、ため息を吐《つ》き、マイクを思い切り吹いていた。春風にのって得も言われぬ悩ましい声が商店街を通り抜けていった。

観衆が選挙カーを見上げていた。ぽかんと口を開けている者も多い。

藤倉は春奈の股穴に、肉を繋げたまま、立ち往生していた。

(抽送なんてしたら、えらいことになるっ)

おそらく女の喜悦の声は止められないし、自分も射精するまで、腰を振り続けることになる。

(露見したらどうする？　政治生命どころか、人生が終わる)

そんなことを考えていたというのに、事態はさらに悪いほうへと転がっていく。

高島裕子が首を大きく曲げて、接点を覗き込んできた。目を丸くしている。

「会長さん、潮村さんとは、もう繋がっているんですね。ぁあ、そういう関係だったんですか。私よりも、深いってことですね」

嫉妬に満ちた瞳で、睨《ね》めつけられた。

「いやいや、これはあくまでも、色付けで……。この子、裕子よりも経験がないから、より激しく弄ってやらないと、輝かないから」

どこまでもしらばっくれるしかない。男は女房に浮気の現場に踏み込まれても、絶対に認めてはならないのだ。藤倉も、かつて挿入中に踏み込まれたことがあったが、その時は「ち×ぽの温水治療中だっ」と言い張った。

もちろんそんな言い訳が通用するわけもなく、女房に尻を蹴り上げられ、帰宅後罰金百万円を取られる始末になったが、罪状を認めないことが、女房への忠誠の証《あか》し、と受け取ってもらえた。

あれは浮気ではない、セックスではないと、言い通すことは大切なことなのだ。

「世代交代を図るつもりね。許せないわ」

裕子が語気を強めている。お互いの関係が愛情ではないので、より厄介だった。

(ここで降りられてもやむをえまい)

選挙を共に戦ってきたうえに淫友であったが、ことこの期に及んでは修復不可能だろう。

(だって、他の女のまんちょんにちんちん挿し込んでいるところを、五十センチぐらいしか離れていない位置から見られているんだものなぁ)

藤倉は裕子との関係が終わったと思った。

春奈に挿している最中だというのに、左手首を裕子にきつく握られた。裕子の股底を這っていた左手だ。

(ひょっとして、俺、手首を返されて、腕を折られる?)

全身に恐怖が走った。そのぐらいのことは平気でやる女だ。額からにじり汗が出た。

「はいっ?」

摑まれた手首は、返されるのではなく、裕子のパンティの中へと引き込まれた。ヌルヌルの秘沼へと導かれていく。

「えぇえぇっ……?!」

「会長、掻き回して。そんな状態見せられたら、私、もうたまんない。そこの潮村春奈には負けたわ。ノーパンとはねぇ。想定外だったわ」

裕子は聴衆に手を振るのをやめ、幟でうまく自分の姿を隠しながら、パンティを脱ぎはじめた。

するすると純白パンティを足首から抜き、すっぽんぽんになった股間に、ふたたび藤倉の指を導き「ズボズボして」と言った。

「あの、公衆の面前で淫所を出すと、罪になるよ。あんた都議でしょう」

「まん所が疼いている時は、何よりそっちが優先。別に政治家やめてもいいのよ」

裕子は開き直っていた。しょうがないので、藤倉は人差し指を挿入してやった。どろどろの蜜がすぐに纏わりついてきて、人差し指が蕩けてしまいそうになった。

春奈も、とうにこの状況に気が付いている。聴衆に向かって自分の名前を連呼していたが、裕子と藤倉の会話を聞きながら、膣層を収縮させていた。

「私もよっ。人生、そこのけそのけ、まん汁が通る、ですよ」

右側で春奈が尻をゆっくり動かしながら言っている。

なんて女たちだっ。

藤倉は春奈に肉棒を挿し込み、裕子の膣穴を指でくじりながら、途方に暮れた。

こんな時こそ、選挙プロデューサー今村里美の教えを乞うべきではないか？

照れ隠しに、にたぁ〜と微笑《ほほえ》み、今村里美を振り返った。

名プロデューサー里美も、にたにたしていた。その右手が、山川宏幸ボランティアの股間を擦っている。ファスナーを下ろして、トランクスの中から山川の男根を出して擦っていた。藤倉は目を疑った。

(この選挙カーは、ハプニングバーか？)

「山川さんたら、春奈ちゃんが、バック突きされているのを見て、嫉妬しちゃったのよ。昨日、自分としたのに、今日はもう会長とかって、怒っちゃって。それ業務で挿入しているんだってわからないのね。だから私がいま宥《なだ》めています」

里美もいろいろ大変そうだった。

「業務で艶出しする必要、ぜんぜんなかったみたい」

喘ぎながらマイクに向かって自己宣伝を繰り返す春奈、同じくマイクを使って声援をおくる裕子。そのふたりの黄色い大声に隠れて、藤倉は小さな声で里美に伝えた。

「だけど、抜くに、抜けないんだっ。」

こうなるともはや悲惨としか言いようがない。

「みんな固まったほうがいいわね。特に会長が後ろから抜き差しをしているのを聴衆やチラシ配りのスタッフに見られないように、私たちが後ろに付きます。会長は右手に、高島先生は左手に幟を持ってください。それで、かなり隠せます。このままバスを走らせますから、次に止まる前までに、全員エクスタシーを得るってことでお願いしますっ」

里美が指示を飛ばし、とりあえずみんなそれに従った。

（なんか、違わねぇか？）

藤倉は、挿入したまま首を傾げた。選挙を戦っているわけで、スケベな欲望をまず優先するっていうのは、本末転倒ではないだろうか？

ずるん。春奈の膣が揺すられた。バスが発車したのだ。

「では、みなさまっ、よろしくお願いいたします。選挙期間中、こちらには何度か寄らせていただきます。なにとぞ、なにとぞ、私、潮村春奈に清き一票を」

春奈が尻をカクカク振りながら言っている。藤倉の肉幹の直径大に押し広がった膣穴の縁から泡のような液を漏らしている。

(ちっとも清くない)

藤倉は肉棹の粘膜が擦れるのを、春奈の動きに任せていた。

「潮村春奈は、私の可愛い妹分です。どうぞ一票を彼女に。都議は高島裕子、市議は潮村春奈の政界美女姉妹コンビで、田中市を発展させます」

と、裕子。膣から、とろみの強い蜜液を漏らしていた。藤倉は指を扇風機のようにくるんくるんと回転させた。熟女の柔肉がさらにくにゃくにゃになっていく。

(なにが美女姉妹だ、びしょびしょ姉妹じゃないか)

背中では山川宏幸の荒い息遣いが聞こえてくる。切羽詰まった息遣いだった。

藤倉は前を向いたまま言った。

「頼むぞ、俺のズボンになんか飛ばすんじゃないぞっ」

女の潮なら口を開けて飲んでもいいが、男の精汁だけは、真っ平御免だ。

ずんちゃ、ぬんちゃ、春奈の粘膜に亀頭を擦られて、どんどん気持ちよくなってきている。一方では、不安がよぎる。

（俺が出したくなる頃、後ろの山川も飛ばしてくるってことだ。やだねぇ、前も後ろもぬちゃくちゃになるのは……）

山川宏幸ではなく、今村里美がすまなさそうに言い返してきた。手を盛んに動かしているらしく、里美の息も荒い。里美自身も旗棹の尾で、クリトリスをちょんちょんしてるせいもあるだろう。

「バスが動いていることだし、角度が定まりません、会長に精汁を掛けないようにするためには、高島先生のお尻に向けるしかないのですが、その素敵なフレアスカートを汚してしまっては、申し訳ないかと」

この女、手筒をいったん止めるという発想はないのだろうか？

「この際、山川の精子は飛ばなくても、問題ないんじゃないかな？」

藤倉は皮肉を込めて、そう返した。

「いいえ、山川さんのことは、いまどうしても抜いてあげないと、あとあとの選挙戦に響きます」

なるほど。嫉妬に燃えた男を放置して、藤倉だけが彼の大好きな春奈に放出してしまったら、怨念が残るということか。選プロだけあって読みが深い。

困った。

（だからといって俺の上等なズボンに男汁は嫌だ）

藤倉は高島裕子の膣の中で指をくるくる回しながら考えた。考えごとをしながらペンを回す癖がある。その癖が女の膣の中で出た。気が付くとGポイントも捏ね回していた。

「あっ、あっ、会長、いいっ、その指回し、いつもより丁寧でいいっ、ちょっと出そう」

裕子がうっとりとした声を上げている。

（ややや、前も濡らされるのか？）

妙案が浮かんだ。一石二鳥の案だった。いや、これは一石三鳥の案だ。

「里美君、山川君の先っちょを、ちょっとこっちに」

藤倉は振り向き、顎をしゃくって、指を入れている裕子の肉穴を差した。

「えっ、山川さんの亀頭、高島先生の穴に入れちゃうんですか？」

里美がさすがにためらい、手の動きを止めた。

「おぉぉっ、いま出そうだったのにっ」

山川が不服そうな声をあげた。立場をわきまえない奴《やつ》だ。やはりこいつの都議選候補推薦は見送ろう。

裕子が里美のほうに首だけ曲げた。スケベという文字がそのまま浮き上がってきそうな顔だった。開いた口の上下に涎が引かれていた。

「今村ちゃんっ。私なら、それ入れてもいいよ。山川さんも、民自党田中市支部の後継者の一人でしょう。だったら、後ろで継ぐ……なんちゃってっ」

どいつもこいつも、みんなおかしい。

（この市は、早晩滅ぶっ）

藤倉は悟りの境地にたどり着いていた。

「そうですかぁ、高島先生。そしたら、この先、引き受けてください」

「いいわよおぉ。じゃぁ、藤倉会長は春奈ちゃん。私は山川君のを入れて、次のポイントまで、ズコバコいきましょう。会長、指抜いてっ」

「ＯＫっ」

裕子の膣穴から人差し指を抜いた。シャンパンの栓を抜くみたいにポンッと音がした。肉底から泡吹く蜜が溢れ出てくる。溜まっていた潮が飛び出してきたみたいだった。

「里美君、亀頭で早く栓をしてっ」

「承知しましたっ」

里美が山川の亀頭をひっぱり裕子の膣口へ誘導した。接続担当をしっかり引き受けてくれている。さすが選挙のプロだ。理解が早い。

「あううう、潮の出口が塞がれたぁ、うわぁああ、超、複雑な気持ちっ」

裕子が喘いでいる。

「ぼくのほうは、もう、ちょろちょろ出ています。高島先生、あまり激しく動かさないでくださ……ぁあぃいいいい。うわぁ、中路で、潮と精子がぶつかっています」

「あぁああ、私のまん湖、破裂しそうっ」

勝手にしてくれ。とりあえずこれで一石二鳥となった。あとひとつ……

「里美君。俺の左手、あいたぜ」

藤倉は相棒と呼べる選挙プロデューサーに片手をあげて太陽に翳した。指先は裕子の粘液でねとねと光り輝いている。

「素敵です」

黒のパンツスーツの股間を旗棹の尾でチクチク押していた里美がすぐに傍らにやってきた。

藤倉と春奈、裕子と山川の接続コンビの間に割りこんできた。

「会長、ポケットからお願いします」

「ポケット？〈股底こちょこちょ〉じゃなくていいのか？」

「はいっ。私のポケット、底が破れているんです。今日はパンツも穿いていません。だから、直マンＯＫです」

最近の女たちは、オナニーの工夫に余念がない。というか、この人もどっかおかしい。

「がってんだっ」

藤倉は今村里美のスーツパンツのポケットに手を入れた。

ぐっと腕を伸ばすと、すぐに腿の付け根まで伸びた。ねちゃくちゃした粘りまん陸だった。襞を掻き分け、クリと穴を同時に攻めた。

「あっ、だめ、クリトリス、おととい春奈ちゃんに剝きだされたから、凄く感じるようになってしまったんですぅ」

知るかっ。藤倉は春奈の肉穴に入れた肉棒をフルスピードで動かし続けた。

「あっぁあっ、とどめを刺してください。いっくぅうううう」

春奈が牝の叫びをあげている。走行中の選挙カーの上でだから、道行く人には意味不明。構いはしない。

左手では里美の淫所のあちこちを掻き回し続けた。

「いくっ、いくっ。私もずっとみなさんのいやらしい光景を見ていたので、もうダメです。そんなにクリ擦られたら、あぁあああ」

里美も果てていた。果てても、止めてやらない。もっとこちょ、こちょ、する。

「いやぁあああああ」

美貌の選挙プロデューサーをのた打ち回らせてやった。

見慣れた田中市の街並みが目の前を飛んで行く。市立図書館に続いて、私立田中女子高校が見えてきた。屋上から二十人ぐらいの制服女子たちが、選挙カーに向かって手を振ってくれている。

「未来の有権者たちだ。こっちも手を振れっ」

五人一緒に手を振った。全員、エロモード全開で手を振った。

女子高生たちが、いきなり全員でスカートをめくってきた。フレンチカンカンみたいに「せーの」で何回もめくってる。屋上の金網越しに、色とりどりのパンティが咲いていた。こういう声援の送り方って、ありか？

藤倉は田中市の行く末を本気で案じた。

第四章　大接戦

1

七日間という選挙戦は、いったん始まってみると、とてつもなく短い期間に感じられた。

すでに五日目。終盤戦に入っていた。疲れがたまってくるのも事実だった。

「残り三日です。みなさんっ。最後の踏ん張り時です。どうかよろしくおねがい、いたしますっ」

春奈は街頭遊説から戻り、ボランティアスタッフたちにねぎらいの言葉をかけながら、方々に頭を下げて回った。

お辞儀をするたびに、パンツを見せるようにしている。ボランティアの数が終盤戦に入って急速に増えていた。

二十歳を過ぎた大学生から白髪の老人まで、手伝ってくれている人々はさまざまだったが、里美に言わせると「通常の選挙事務所よりも、圧倒的に男が多い」ということだった。

『多少は、女性票も取り込まなくちゃね』

里美にそ言われて、このところの街頭では少しだけ、パンツ見せやお色気トークは控えることにしていた。

特に夕方のスーパーの前では、マイクロミニをやめた。

パンツルックで立った。変わりに自分がかつて声優として参加した「ボーイズ・ラブ」物の話などをする戦法に出てみた。

これが意外と受けた。主婦は結構ＢＬにはまっていたのだ。

『女性の浮動票は、まぁ、あの程度の街頭演説で、イケイケの主婦やヤンママを取り込めればいいでしょう。清楚《せいそ》系や堅物系女性は百パーセント無理。そこは捨てましょう』

選挙のプロである里美の意見は至極まっとうなものだった。

『明日からが勝負の行方を決めるわ。女性の団体票を私が取ってくるから、春奈は支援企業を虜《とりこ》にしてよ』

昨夜そう指示されていた。

（女性の団体票って、どんなところから取ってくるのかしら？）

自分のほうは午後から万代商業と玉沢中央農林に行くことになっている。その前に一度、メイクをし直しておきたい。

春奈は顔を洗うために洗面所へ入った。

鏡を見ると、顔は、海の家でひと夏働いたぐらい、焼けていた。

（運動系ギャルっぽい）

プロフィールに「趣味：サーフィン」とか入れておくか？

いや、そもそも泳げない。

（そんなことよりも、もう一回、スピーチ原稿を頭の中に叩き込まなきゃ）

春奈は顔を泡立てながら、昨夜暗唱した原稿内容を頭の中でもう一度整理した。

そもそも自分は万代商業と玉沢中央農林の野球の試合の最中に、立候補要員として攫《さら》われてきたのだ。縁がある。

縁がある分、ややこしいこともある。

球ガールだったこともあって、ウグイスの仕事だけではなく、社会人野球をよく観戦していた。

そのせいか声援の際に使う企業名の略称が頭から離れないのだ。

万代商業はまんしょ。玉沢中央農林はたまちゅうだ。

ついでに言えば、ここらにある企業の略称はみんなエロい。

三輪《みつわ》液化工業はみつえき、仙田《せんだ》印刷はせんずり、最悪なのは、王満《おうまん》工業で、これは略して、おうまんこう、なのだが、ちょっと詰まると大変なことになる。

春奈は鏡に向かって、口だけ動かしてみた。

「おま×こ」

やっぱり絶対に詰まらせて言ってはならぬ企業名だ。

王満工業が今日の訪問リストにないだけで、幸いだった。あったら、ずっと頭の中で、この言葉を反芻《はんすう》してしまう。

事務所に戻って、コンビニおにぎりとサラダの昼食を摂《と》ることにした。

選挙事務所って、もっと差し入れとかバンバン届いているのかと思っていたのだけれど、そんなものは皆無だ。

告示日以降はまんじゅう一個ですら貰《もら》ったら公職選挙法に違反するのだそうだ。

ベテランのボランティアたちが、そういった進物《しんもつ》を持ってくる素人《しろうと》にもピリピリしていた。それが素人を装った敵方の攻撃でもあるからだ。

選挙の戦法は戦国時代と変わらない。

「春奈。一時には、選カーで出るわよ」

先にサンドイッチを食べ終えた里美が、ノートパソコンを覗きながら言っている。里美はこのところ情報分析にかかりっきりだ。イライラしているらしく、いつも股間を机の角に付けたり、ボールペンでクリのあたりをツンツンしている。

「里美さん、情勢はどうなっているのでしょう？」

おそるおそる聞いた。正直、投票日が近づくほど、聞くのが怖くなる。立候補するって、そういうことなのだ。

「国政選挙と違って大手新聞社の世論調査なんて出ないからねぇ。確実には読めないよ。少数の街頭アンケートの結果だけだけど、ギリギリ二十八位通過かな。もしくは、ちょっと及ばないって感じ……」

「ええ～。民自党って最大政党じゃないですか。そこの公認なのに、負けちゃうんですか？」

「公認は十五人いるのよ。あなた以外はすべて現職。その人たちはもう楽勝圏内にいるわ。民自党で負けるとすれば潮村春奈、ただ一人」

「うっそぉ〜」

顔から血の気が引いた。

田中市の人口は二十万人。かつてのベッドタウンも、団塊世代のさらなるリタイア転出が相次ぎ、地方都市並みに人口が減少している。

おかげで十年前に三十八あった市議会の議席も、前々回選挙から十議席減らされ、いまは二十八議席だ。

「一心会は今回八人の有力候補者に絞ってきてるから、ほぼ全員当選ね」

それでは自分を抜いた民自党十四人と一心会八人の計二十二人の議員の当選が鉄板ということではないか。あと六人……

「公正党も組織がしっかりしているから、四人は入れてくるわ」

「えぇえぇえっ。じゃぁ、あと二人だけじゃないですか」

「そうよ。そこに無所属が五人。うちひとりはかなり有力。弱小政党が四人。これはそれほど気にしなくていいけど、問題は共生党よ。十人立たせているわ。この十五年ほど、議席を持っていなかったけど、今回は浮動票を集めそうよ。イケメン男の田沼雄一があなたと競っているのよ」

その名前のポスターを春奈もあちこちで見ていた。『桜坂』をヒット曲に持つ歌手に似た甘いマスクだ。

「浮動の男性票は潮村春奈に流れるけど、女性票は田沼雄一が全部持っていきそうね」

かなり厳しい戦いになりそうなことだけはわかった。

田中市はすでに、十年後に消滅可能性大の都市のひとつに挙げられている。

春奈は、ひと月前まで、そんなことは全然知らなかったのだが、にわかに仕込んだ知識や統計で、その実態を知った。

昭和四十年代後半から六十三年頃まで、田中市の人口は急増をつづけた。

サラリーマンは郊外に一戸建てを持つというのがトレンドになり、丘陵地であった田中市は「段々畑風の住宅街」としてブレイクしたのだ。

都心の優良企業に勤めるサラリーマンが大挙して押しかけて来たのはその頃だ。

おかげで財政も潤った。

新住民となった人たちは高所得のサラリーマンが多く、その住民税のおかげで、公共サービスも充実するに至る。

そうして田中市は人気の町となったわけだ。

すべてがよい方向に回転していた四十年だったと言える。

平成の初めまでに、田中市は富裕層の町として定着したのだ。

ところが、それが仇《あだ》となった。

この市の九十パーセントがサラリーマン世帯だった。しかも三十年前の移住者たちだ。ことさら田中市に故郷意識など持つことなどない人々だった。

言ってみればドライな住民だったともいえる。

定年して通勤が必要なくなった彼らは、もはやベッドタウンに用はないとばかりに、軽井沢《かるいざわ》や箱根《はこね》、あるいは沖縄などにセカンドライフを求めて転出しはじめたのだ。

その子供たちもまたドライだ。

就職を機に都心の再開発地に出来た高層マンションにどんどん移住しだした。

これが江戸時代から歴史を刻む町との違いである。彼らの先祖はもともとこの町にはいないのだ。

『一戸建ての都下アドレス』より『お洒落なリバーサイドマンションの江東《こうとう》、墨田《すみだ》アドレス』を好むのが、最近の団塊ジュニアたちだ。

したがって、田中市で明かりが消えているのは、商店街ばかりではない。この数年、住宅街に、空き家が目立ちはじめていた。

『ここで問題です。商店街の再利用価値の他に、住宅地の見直しも必要ですね。春奈、あなた当選したら、この対策、どうする？』

里美にいきなり尋ねられた。この手の政策提案についての質問を毎日されるのだ。政治家としての訓練らしい。

「戸建てハプニングバーの誘致とか、いっそ全部買い取って、遊郭《くるわ》にする？」

春奈は胸を張ってそう答えた。

「あのね、幼稚園や学校がそばにあるだけで、風俗業は開店できないの」

「だったら、その法律を変える」

「やっぱり、あなたに女性票の獲得はむりだわ」

里美がノートパソコンを閉じた。閉じ方が乱暴だった。情勢が悪いので、相当苛《いら》立《だ》っているみたいだった。あとで、クリトリスを舐めてやろう。

「この町じゃなくて、私は鶯谷《うぐいすだに》とか歌舞伎町《かぶきちょう》を地盤にするべきだったかもね」

「そこら辺には、あんたなんかより話題になる候補者が山ほどいるのよ。元デリヘル嬢とかパンチの利いた候補者がね」

「ここで勝つには？」

素直に聞いた。

人口流出データを見なくてもわかることがある。

春奈の父親は赤坂《あかさか》の広告代理店に勤める営業部長で、ほとんど終電もしくはタクシー帰宅。土日も接待ゴルフでほとんどいない。父親は家を建てたということで、家族サービスを完了させてしまっているのだ。

人生の大半を都心で過ごす彼に、おそらく田中市への帰属意識はない。

母親は浅草《あさくさ》の生まれで、日頃から「田中市なんて東京とは呼べないわね」が口癖だ。父親が定年を迎えたら、夫婦で十年ぐらいは京都か奈良に住む計画をただいま立案中である。門前の町で生まれた人はいくつになっても寺ガールなのだ。

父の定年まで、あと五年だ。このままでは潮村家も転出することになろう。

しかし、忘れてもらっては困る。

(私にとっては、ここが生まれ故郷なのだ)

春奈は口を尖《とが》らせた。

「里美さん、いまからこの町で勝つには、何が最善なの?」

もう一度聞いた。マジで市議になろうと思いはじめていた。

「ベッドタウン第一世代と同じように、新しくこの町に住むようになった人たちを取り込むことだと思う」

「もう住宅街の新陳代謝なんてないよ」

「代わりに出来た大企業の独身寮を狙うのよ」

「えっ」

「今日いく『まんしょう』や『たまちゅう』も、明日の予定の『みつえき』と『せんずり』、それに『おうまんこう』はいずれも一区の中に独身寮を設けているでしょう。そここそが潮村春奈のターゲットだわ」

（さすがだっ）

いま里美が口にした企業はいずれも大きな倉庫や工場を抱える会社で、バブル期に田中市に本社機能を移転した会社だった。

「社員は都内やお隣の神奈川からやってくる人たちのほうが多いけど、独身寮の人たちはみんな住民票が一区の管轄。大票田よ。しかも独身男子ばかり。まさに食っちゃいたい有権者でしょう」

「里美プロデューサー、早く行きましょう。春奈もう、濡れてきました」

「よしきたっ。私は途中で別の団体回りがあるから、頭だけで抜けるけど、ここは任せてもいいわよね」

「ＯＫです。出し惜しみゼロで行きます」

「見せるだけ？」

　里美の目が光った。

「やっちゃえって、ことですか？」

　いちおう確認しておきたい。

「ひとつの企業で、ひとり〈やり友〉を作っておけば、その男が最低十人には真剣に投票を呼びかけるわ」

「選挙プロデューサーって、そのアプローチの結果はどうやって追跡するのですか？」

　興味があるので尋ねてみた。

「プロの企業機密よ」

　里美はぷりぷりお尻を振って、選カーのほうへと向かっていった。

「わかっているわね。支援企業へのあいさつでは、自己宣伝はなしよ。これ決まりだから。市議会選挙への投票だけを呼びかけるの。自分の名前を言ってもだめ」

　そういう法律になっているらしかった。

2

万代商業は、万代グループの国内商社だった。主に家具や事務機器、それに日本酒、焼酎の類を扱っている。営業や流通部門を委託している新興メーカーは多い。匠《たくみ》の技を持つ小規模会社の販売を一手に引き受けているのが、特色なのだそうだ。……と万商のホームページで読んだ。その程度の知識しか持ち合わせていない。この田中市には本社の他巨大な流通センターを擁していた。土地が安かったから田中市にしたらしい。

民自党決党以来の、筋金入りの支援企業だという。タレントで言えば「太いタニマチ」ということになろう。

春奈は気合を入れて、今日もノーパンでやってきた。

このところの街宣はパンティを穿いてやっていた。理由は簡単。初日の打ち上げ花火はともかくとして、日々の街宣はこまかな路地裏まで走り歩く。場合によっては自転車を使う。ノーパンでは、さりげなくではなく、あからさまに、女の桃色を露出してしまう可能性があった。

そのかわり、パンティはさまざまな色や形状のものを見せてきた。いまや、どこに出かけても、追っかけファンがつくようになった。

今日のマイクロミニは新調してゴールド色を穿いてきていた。ピンクのほうがセクシーなのだが、ピンクは赤の系統色なので、三日目から避けることにした。選挙事務局の経理担当の矢川涼子《やがわりょうこ》が「赤字は敗北をイメージ」すると言いだして、会長の藤倉も納得したのだ。藤倉的にはピンクのほうが好きだったようだ。

上は白セーター。これはいつもニットと決めている。乳首が浮き上がって見えるほどタイトフィットでなければ意味がないからだ。

ゴールドには黒のセーターのほうが似合うというのが春奈のセンスだったが、これも古参ボランティアの米村泰三《よねむらたいぞう》の「黒星はいかん」ということで、着ることが許されなかった。

選挙戦というのは、いろんなゲンかつぎのうえで、行なわれているのだ。

ということで、白星イメージのホワイトニットと金メダルを目指すゴールドミニという出で立ちとなった。

パッと見、かなり気の強いキャバ嬢に見えなくもない。

その恰好でまず二階の社長室に挨拶に行った。六十三歳の社長は、握手をしてくれたものの、呆然《ぼうぜん》と春奈の太腿を眺めていた。

不良になって帰ってきた娘を咎《とが》めるような視線だったので、あえて得意の〈腿上げ、まん所見せ〉は封印した。

ここでいつもそばに付いていてくれる里美が、途中退場することになった。

『女性票の票田に行って、かっさらってくるから』

そう言って出ていった。

続いて管理部門へと案内された。扉を開けるなり、春奈は声を張りあげた。

「日曜日は投票日です。どうかみなさん、投票権を放棄しないでください」

深くお辞儀をして「生尻見せ」をする予定だったが、ためらった。

管理部門は、九十パーセントが女子社員だったのだ。刺すような視線にさらされ、まばらな拍手だけを聞いて、早々に退散した。

やっぱり自分には女性票は無理だ。

「次、荷物の仕分け現場です」

気落ちしていると、案内係の総務課の人が笑いかけてくれた。胸のポッチと陰毛が見えそうなミニスカの裾に、交互に視線を這わせている。

「潮村さん、次の現場では盛り上がりますよ」

「だったら、嬉しいんですけど」

階段を降りて、一階の広々とした部屋に案内された。

「うぉおおおおっ」

いきなり黒煙のような歓声が上がった。総勢五十人ほどの男たちが、春奈を見るなり、拳を上げて、歓待してくれている。

（こうこなくちゃっ）

嬉《うれ》しさ余って、思い切りジャンプした。なんどもジャンプを繰り返して、スカートの縁が自然に迫《せ》り上がるようにした。もうみんな喜んでいる。

「毛だよ、エロ毛が見えている」

「屈みこんでみようぜ、ビラビラとか、マメも見えるかも」

「マメはむりだろう」

あちこちからそんな声が聞こえてきた。もう嬉しくてたまらない。やっぱり男子の職場は最高だ。

春奈は、わざわざ用意しれたお立ち台の上に立った。作業用の箱馬だったが、誰が考案したのか、二段積みになっていた。

台に上がると、すぐ目の前の男子たちには、生まんを丸さらしにすることになった。春奈は濡れた。

股を大きく開いた。濡れたまん所を、半開きにしてみせると、真ん前にいた大きな体の男が、春奈の顔を見上げるのではなく、スカートの中をガン見してきた。

ちゅるーん。あまりにも無骨な覗き込み方に、昂《たかぶ》ってしまい、春奈は蜜の液玉を落としてしまった。

ぴちゃっ。男の額にかかったみたいだった。

よく見ると、春奈の股間から伸びた蜜液の糸が、男の額まで、だらりと繋がっていたが、気にしている余裕はなかった。

『みなさーん。日曜日の投票は必ず行ってください。田中市の未来を決める大きな節目になります。どなたに投票するのも自由です。ですが棄権するのだけはやめましょう』

里美の台本通りにトークした。個人名は一切入れていない。これでいいのだそうだ。ここの人間が投票所へ足を運べば、それは、イコール潮村春奈への投票となるとのことだった。その読みを信じたい。春奈はさらに股を開いた。

「その声、球場で聞いた」

突然、目の前の男が顔をあげた。蜜線が伸びる。粘りが強く、それでも切れない。

まん所と額を淫汁で繋げたまま、男は目を見開いた。

春奈も目を見張った。思わず口を突いた。

「三番、センター鶴井ぃいいい」

野球帽をかぶっていなかったので、気がつかなかった。目の前で、春奈のまん所にかぶりついているのは、「まんしょう」のスラッガー鶴井浩太だった。

「やっぱり、その声だ」

鶴井は股間のバットを思い切り握っていた。

3

選カーを帰して、春奈は野球部のグラウンドへ急いだ。

まん汁で繋《つな》がった仲だ。鶴井浩太に何としてでも協力を訴えたかった。個別訪問は違反だが、友人として相談するのは構わないそうだ。つまり友人になってしまわなければならない。

里美からも電話で『落とせっ』と叱咤《しった》激励されていた。

鶴井浩太はグラウンドの隅のバッティングケージの中にいた。素振りをしている。

ダイヤモンドの中では守備練習中らしく、内野手が順番にノックを受けていた。

鶴井は個別に練習しているようで、独り黙々とバットを振っている。

素振りだ。

ぶるんっ、ぶるんっと風を切る音が聞こえた。武士が剣の稽古に励んでいるようで、凜々《りり》しく見える。

その男らしい姿を見ているだけで、またまた、まん所がぬらついてくる。

（んんっ、もうっ、やっぱりパンツ穿いてくるんだった）

ゴールドのマイクロミニの下はすっぽんぽんだ。びちょびちょになりだした肉裂を抑え込むものが何もないのだから、いきおい、蜜がどんどん垂れてくる。

太腿から脛にかけて、幾つもエロ液線が曳《ひ》かれて、かなりかっこ悪い状態になっていた。

「鶴井選手ぅ」

春奈は声を掛けた。とびきり甘い声をあげていた。

「おお、まん出し女っ」

鶴井が振り返りざま、驚きの声をあげた。

「だって、この会社、『万商』でしょう。万商にきたらまん所見せってて、えへへっ」

鶴井にだけ見えるように、スカートをペロンとめくってみせた。春風に媚草をそよがせた。人工芝に垂直に向いている肉裂から、ポタポタ、粘汁が落ちる。春風に媚草をそよがせた。

「あの、潮村さんて、球場でも、ぼくらに股間見せていませんでした？」

鶴井が訝《いぶか》しげな視線を向けてきた。額の粘着液はすでにきれいに取れていた。

「それは、幻よ。鶴井選手、幻を見たのでございますよ」

春奈はおどけながら、否定した。

事実であっても、都合の悪いことは、いったん否定するのが、政治家としてのセオリーだと、里美からも、藤倉からも教えられていた。

「いやぁ、そんなことはありませんよ。その声、一回聞いたら忘れられる声じゃないです。ぼくだけじゃなく、うちのチーム全員が記憶していました」

と鶴井。額に手を当てて言っている。もう、まん汁ついていないってばっ。

「球場のウグイス嬢をしていたんだから、声を覚えていただけているのは光栄だわ。でも股間を見たのは、幻よ、鶴井選手。このところスランプですか？」

あくまでも、シラを切った。

「いや、いや、いや、玉沢中央《たまちゆう》農林の倉田も、投げる時に、ま×こが目に入って、腰が砕けたって言っていた」

鶴井はボールを投げる恰好をして、そのまま転ぶような仕草をした。

「あらま。勃起したから、膝が上がり切らなかったのだとばかり思っていたわ」

春奈は空を見た。雲が千切れて、真ん中に穴の開いた、いやらしい形を作っていた。

「やっぱり、男が勃起するようなことしたんじゃないか。見せるだけじゃなくて、角まんとかも、していたろっ」

鶴井が頬を紅く膨らませている。鶴井のプロフィールは知っている。二十四歳。大森《おおもり》商業大学を一昨年卒業したが、ドラフトを蹴っていた。パ・リーグの万年Bクラス球団から受けた指名を良しとせず、社会人の道を選んだのだ。

当時は大きく報道された。

志望はセ・リーグの優秀争いをするチームと決めた以上、それにこだわりたい、とコメントしていた。一本、筋が通った男のようである。春奈はあれ以来注目している。

作業場で見かけた時は、まだ若き入社二年目の社員に見えた鶴井だったが、グラウンドに出てユニフォームに着替えた姿は、ベテラン選手に見えた。

人間の視覚とは不思議なものだった。社会人野球の大スターも、春奈よりも三つほど若いのだ。

「ちょっと椅子の背にアソコが触れただけよ」

春奈は姉御《あねご》気取りの口調で言いかけた。

「うそでぇ。角まんの常習者じゃなきゃ、あんなにマメ大きくならないでしょっ」

鶴井が弟みたいに口を尖らせている。

「女のマメにやけに詳しいじゃなーい？」

こちらもからかってやる。

「子供の頃から倉田のねーさんが角まんやペンまんしているのを覗いていたから」

「倉田って、さっき出た倉田隆平投手？」

「そうだよ。俺たちは中学まではリトルリーグで一緒だったから、しょっちゅうあいつの家であそんでいたのさ。高校生の姉さん、毎日角まん、ペンまん、発情しまくっている日は、扉まんだったもんな」

それは相当な上級者だ。

「扉では……縦にスイスイと擦っていたのかしら」

春奈は想像して息を飲んだ。

「そうだよ、腰ごと押し付けて、縦に滑らせていた」

さぞかし気持ちいいだろうなぁ。

春奈は久しぶりに扉まんがしたくてしょうがなくなってきた。残念なことに、ここは野球のグラウンドだ、だだっ広いだけで、擦《こす》るものなどない。

「でも、だからといって、そのお姉さまのクリクリが大きいって、なんでわかったのよ。あなたたち、見たの？」

そこらへんのことも妄想しだしていた。

美貌の姉がスカートをまくって、パンティを下ろし、和式トイレスタイルに屈《かが》み、弟とその友達に「おまん所」を見せている姿を妄想した。

（なんて淫靡《いんび》な光景なの……）

あぁ、一気にムラムラしてきてしまった。

「姉さん、昼寝している時に、倉田がバットでパンツの上からツンツンしたら、あの姉さん悶《もだ》えて、いきなりパンツを脱いじまった」

「わっかるぅううう」

春奈は声をあげた。目の前のバットでやってほしいっ。

「えっ、わかるんですか？　俺たち、ただの変態だと思ってましたが？」

「違うっ。倉田君のお姉さんは絶対変態なんかじゃないっ。超素直な女子高生だったんだよ」

　春奈は力説した。女子にとってオナニーはセックス以上に没頭してしまう行為なのだ。もしかして、まん所を濡《ぬ》らすほどにいい夢を見ていた時に、バットでツンツンされたとしたら、クリトリスが狂乱して、穴から蜜が噴き上がってきたに違いない。それはくちゃくちゃに、擦りたくなるわ。

　擦り感……とても気持ちよかっただろうなぁ。

「差し出したバットに、まんちょをぐしゅぐしゅと、擦ってきたんだぞ」

「それ、ふつうでしょう」

　ここは同性として賛同の意を伝えておきたい。

「ふつうですか？」

　目を丸く見開いた鶴井の、バットを持つ手が震えだした。

「ふつうだと思います」

　春奈は股を思い切り開いた。ゴールドのマイクロミニがきわどくせり上がる。股《また》座《ぐら》のラインとミニの裾がほぼ平行になった。鶴井の喉がゴクリと鳴った。

「私も、同じことをすると思うよ」

　鶴井は熱に浮かされたような眼をして、バットを差し出してきた。春奈の股の間に潜り込んでくる。手が震えて、バットの表面が、微《かす》かに沼地に触れた。

「んんんっ」

ひんやりして気持ちいいっ。

「もっと、押してっ。クリトリスを軽く打ってて っ」

「えぇえええええ」

鶴井がのけ反った。グリップを握った手首もそっくり返る。バットのスイートスポットが股をきっちり打った。ドスン。クリトリスを直撃。

「んんんんんん」

これでも必死に声を殺したつもりだ。

淫核から伝播《でんぱ》した快美感が、ずんずんとまん所の割れ目全体に響き渡る。太腿が疼《うず》き、膝がうろたえた。

予期せずに当たる感触にクリトリスは弱い。大脳が待ち構えていなかった分、衝撃は大きくなるのだ。

春奈は不意のホームランを食らった投手のように、へなへなとしゃがみ込んだ。

「あぁああ」

しゃがみ込むと、肉裂全体でさらにバットを押すことになった。くちゃ、花が開いた。

「俺、何もしていないからなっ。潮村さんが勝手にバットを股に挟んで、棒まんしているだけだからな……」

鶴井は今にも泣きだしそうな顔をしていた。

突如グランドに現われた女に、ハニートラップでも仕掛けられたという顔だ。

市議になる可能性のある女より、プロ野球への可能性がある選手のほうが、名を汚したくないのは当然だ。

「そうよ、私が勝手にバットの上で、股を滑らせているの。女は擦ってみたいものがあれば、たいがいやってみたくなるものなのよ」

春奈はバットの上に股を滑らせながら、鶴井の股間を指さした。

「こっちにも、擦りつけてくれるんですか?」

スポーツ選手らしい精悍《せいかん》な顔をした鶴井は、正々堂々と聞いてきた。

「もちろんよ。その硬そうな肉バットにぐちゅ、ぐちゅしたい」

まだ日が暮れたわけでもないのに、グラウンドの周囲に設置されたカクテルライトが一斉に点灯された。人工芝の緑が一気に鮮明になったのには驚いた。

鶴井の背中のほうで、カーン、カーンとボールを打ちまくる選手たちの姿が見えた。

「ここでは、目につきやすいわね。どこか、じっくりと身体《からだ》をくっつけあえる場所はないの？」

「そういう場合は用具室」

鶴井が即座に答えた。

（やっぱり、やり部屋って、あるんだ）

「いつも球ガールを、そこに引っ張り込んでやっているのね」

春奈は嫉妬の目を向けた。

「違うよ。監督や総務部の目が光っているから、そんなこと出来るわけがない。『そういう場合は』と言ったのは、せんずりをこくために利用しているということだよ」

潑剌《はつらつ》としたイメージしかないスラッガーの口から「せんずり」という言葉が出るとは思ってもいなかった。彼が「せんずり」と言った瞬間に、肉裂が捩《よじ》れて、身体中がぼっと熱くなってしまった。

鶴井の後を追ってグラウンドの外に出た。細い通路を歩く。

「あの、倉田も読んでいいですか？」

「いや、俺、子供の頃、倉田の姉ちゃんのまんちょをバットで突《つつ》いたりしたから、なんか倉田に引け目感じてたんすよ。だからお返ししておくべきかなって」

「私のまんちょで、……ですか？」

「そう……」

鶴井はすでに携帯を耳に当てていた。

「倉田ぁ？ いまからうちの用具室に来いよ…… いやぁ、そうじゃなくて……嘘《うそ》じゃねぇよ。早く来いってばっ」

ちょっと複雑な気分だが、冷静に考えると、これはお得な成り行きでもあった。玉沢中央農林に行く必要がなくなるのだ。一社にひとり「やり友」を作っておけば充分だった。

「倉田君のお姉さんは、いまはどうしていらっしゃるの？」

なんとなく気になったので、聞いた。

「横浜の大きな家具センターで販売員しているってさ。売るのが上手《うま》いと評判らしいよ」

家具センター？ 角も死角もたくさんある職場だ。羨ましい。

「はぁ？」

4

すぐ近くに背の低いコンクリート造りの平屋があった。『野球部用具室』という木製の看板がある。

「汗臭いっすよ」

と鶴井。

「まん汁臭いっすよ」

春奈も混ぜかえしてやった。

中に入ってみて驚いた。整然としているのだ。

数えきれないほどのバットが正面の壁に綺麗《きれい》に並んでいる。

その壁の上半分が窓になって、黄昏《たそがれ》の日が垂れこんできていた。

両サイドの棚にはグローブ、ミットの類がこれまたスポーツ用品店の売り場の三倍ぐらいの量で置かれている。いずれも新品で、室内には革の匂いがたちこめていた。ブリキ製の巨大なバケツにボールが山のように入っている。ちょっと見にはソフトクリーム状態だ。そのバケツが五個ほどある。他にグラウンドを均《なら》すトンボという道具や、白線を曳くためらしい掃除機のような道具。

それらが、まことに見事に整理整頓されて置かれているのだ。

正直、もっと狭くて乱雑な場所かと思っていた。まさに名門野球部の徹底ぶりを見た思いだ。

「こんなきちんとした部屋の、どこで、コクの？」

「バットの前に立って、自分のバットを扱《しご》くというのが、万商《まんしょう》野球部の伝統だよ」

鶴井が並ぶバットの前に立った。男子が小便をするような恰好と言えなくもない。

「ここで、ち×こ出して、扱くのさ。何人かで並んでやることもある。夏なんかは、窓を開けてやるから、外の景色とか見ながら、まぁ立ちションン感覚」

「てことは、そこに並んだバットって、精汁まみれ？」

立ちションじゃなくて、立《た》ち扱《こ》きだから、出る液のネバネバ度が違うと思う。それって平気なのか？

「グリップめがけて、飛ばすやつもいるし、スイートスポットンにかけたがるやつもいるな」

「滑り止めになるのかしら？」

「わかんねぇ。松脂《まつやに》とかと同じ効果はないと思う」

と鶴井。

（たぶん、ないだろうな）

春奈も頷いた。

「倉田君はどのくらいで来るのかしら？」

「向こうのグラウンドから、タクシーで、五分だよ」

そんなにすぐに来てしまうのだ。

「じゃぁ、まず鶴井君のアソコを舐めて待っていようか？」

「なんか、コーヒー飲みながら……のノリですね」

「そういう時代なのよ」

「そうすか……」

鶴井は頭を掻きながら、ユニフォームのズボンを下げた。男が股間を露出させようと急いでいる様子を眺めているだけで、春奈の肉裂はたやすくうねりだす。

「サポーターとかいろいろ装着しているので、ちょっと待ってください」

ユニフォームのズボンが足首まで下りて、鶴井は「殿中《でんちゅう》でござる」と歩く、裾の長い袴を穿いた武士のような恰好になった。

「サポーターって、玉は痛くならないの？」

見て、気になったことがそのまま口を突いて出た。

「長時間当てていると、じわじわ締め付けられてきますよ。二時間がいいところですかね。練習中も試合中も、チェンジのたびに、みんなこそこそ位置を変えたり、玉を揺すって動かしたりしているっす」

言いながら鶴井が、サポーターを外した。黄色と黒のストライプのボクサータイプのパンツが現われた。

「指名されたいのは、ひょっとしてタイガース？」

春奈は聞いた。

「いえ、単に虎が強そうだから。ツバメとか鯉《こい》って、男の股間ぽくないじゃないですか」

男心ってそんなものか？

「巨人やドラゴンじゃダメなの？　星マークとか」

「いえ、俺、ここ小っちゃいんです。ジャイアンツマークのイメージだと、落差がありすぎて、いやなんです。小っちゃくても、虎って、なんかいいイメージありませんか？　亀頭がくわっと口開くみたいな……」

「ふーん」

としか言えなかった。

春奈はスカートをめくって淫所に指を這わせ、鶴井の逸物が出てくるのを待った。パンツが下がって、ぺろんと落ちてくるのを見る瞬間が、女子にはたまらない昂奮《こうふん》となる。並ぶバットの脇にしゃがみ込んだ。

鶴井がパンツを下げた。

ちょんっ。

そんな感じだった。

「なっ、小さいだろう」

頭の上でそんな声を聞いた。たしかにそうだった。しかも皮を被《かぶ》っている。小ぶりな明太子《めんたいこ》ぐらいに見える。身長が百八十センチはありそうな鶴井だが、男根のサイズはその五パーセントぐらいだった。十センチ弱。しかし、亀頭が立派だった。亀頭はゆで卵ぐらいだ。つまり、超ずんぐりむっくりの形。

「いやっ、これはかわいい。女子は形そのものに昂奮するのよ。巨大すぎるのは、醜いと思う」

こういう誉《ほ》め言葉もある。いや実際に気に入ったのだ。大男の小ちんはよくある話だ。男女の粘膜はあくまでも相性だ。挿入してフィット感があれば、それでいい。

それに鶴井の陰茎、略して〈つるちん〉は、しゃぶればまだまだ伸張する気配が残っていた。

「舐めていいですか？」

「もちろんっ」

鶴井が腰を突き上げてきた。包茎のソーセージに舌を這わせてあげる。

ちょろっ。

「おぉおおっ」

ほぼ全長に被った皮が、攣《つ》れあがった。ゴム風船の吹き込み口みたいになっている尖端が、つるっ、と剝けた。薄茶色の皮の中から、紅色亀頭が顔を覗《のぞ》かせている。

「ぜんぶ、剝《む》いていい？」

亀頭部に指の輪を這わせて、聞いた。ずるっと剝きたい。

「いやぁ、俺ってさ、皮を上げ下げしているんだよな」

鶴井がふてぶてしいことを言った。

「手扱きの時はそれも気持ちいいでしょうけど、舐めるとなると、皮の上からじゃ、こっちがやった気になれないんだけど」

「そういうもんか……」

「そういうものです。女子としては、舐め心地というものがあるんです」

男の勝手な欲望にばかり協力もしていられない。

(こっちだって、唇で感じたいんだ)

口唇愛撫《あいぶ》は皮じゃなくて粘膜にしたい。

「んじゃぁ、お願いします……ひっ」

鶴井が言い終わらないうちに、包皮をずるっとひん剝いた。

「んんんがぁあああ」

鶴井が白目を剝いた。かまっちゃいられない。

「まぁ、素敵っ」

仮性包茎男子にはこの魅力がある。贈り物の包装紙を破る快感とでも言ったらいいのだろうか。とにかく〈開ける楽しみ〉だ。

皮がめくれて、中から赤い明太子が現われた。

「めっちゃ、欲情するっ」

春奈は舌を這わせると同時に肉明太子を口中に含んでしまった。

「わぉおおっ」

まず先端の丸頭を舐められるだろうと思っていたところを、棹《さお》ごとかっぽり咥《くわ》え込まれた鶴井は、しどろもどろな声をあげた。

エッチは意外な方向から攻められると、快度が倍化するものだ。そこに女と男の違いはないはずだ。

春奈は咥えた肉根の中腹をねちょねちょと舐めた。

「おぉおぉ」

鶴井が呻き声を漏らして、カクカクと腰を振っている。

まだ半勃起だった肉幹が一気に芯を通してきた。小さいけど硬い。肉根のあちこちに筋が浮いてきて、コリコリとした感触があった。その筋に舌を這わせる。

「んんんっ。それってすっげぇ、いいっ」

「でしょ」

男子の自慰のことだ、力任せに握って、やみくもに擦っていたに違いない。ここは女の唇と舌のねっとり感を存分に味わわせてあげたい。

完全に勃起した鶴井の男根を喉の奥まで引き込み、舌先で、亀頭裏と鰓《えら》をレロレロとやってあげた。唇はしっかり根元を結んでいる。

〈つるちん〉がぐんぐん太くなってきた。

いつも思うのだが、男の肉茎が大きくなりだすと、唇や舌を通じて、自分自身も興奮してくる。特に唇が感じた。鶴井の棹がもがくほどに、春奈の唇にも熱気が伝わってきて、乳首やまん所も疼《うず》いてくる。

「私も、もうだんだん我慢できなくなってきたよ。倉田君が来る前に、バットじゃなくて、鶴井君のバットでつんつんしてくれない？」

春奈は蹲踞《そんきょ》の姿勢のまま、まん所を指で捏ね回し、ねちゃくちゃと猥褻な音を響かせた。角度的に鶴井にまん所を見せることは叶《かな》わなかったので、音で挑発するしかなかった。

「いやぁ、せっかくだから、それは倉田が来てからにしようよ」

体育会系の人間は、友人に対して律義すぎる。目の前にち×こを咥えて、まん所を開いている女がいるというのに、あくまでも男友達を待つなんて信じられない。

（一回、挿入しちゃったって、いいじゃないか。誰にもわからないんだし）

春奈は膣穴に人差し指を突っ込み、膣壁を広げるように、グルングルンと旋回させた。

「ぁあぁん、鶴井君の意地悪っ」

自分の肉路をせっせと捏ねくり回しながら〈つるちん〉にも舌を回して、ベロンベロンした。こうしていると、なんだか、口と穴が連動して、直接やっている錯覚に陥る。これが狙いだが、所詮は錯覚だ。

「おぉおっ、潮村さん、舌の回転、迫力ありすぎ。倉田のスクリューボール以上に回転している。あの、一回、抜いちゃっていいすか？」

上目遣いに見上げると、鶴井が春奈を見おろしながら、ニタァと笑っていた。

「だめっ。それはズルすぎ。これからズル井って、呼ぶぞっ」

挿入は友達が来るまでＮＧでフェラ抜きだけさせようなんて、とんでもないスラッガーだ。春奈は戒《いまし》めに、鶴井の金玉を、両手でぎゅっと押した。棹の割に大きな玉袋だった。

「うわぁああ」

ぴゅっ〜。ちょっと潰しが強すぎたみたいだった。

鶴井が太腿を痙攣《けいれん》させて、切っ先から、先走り汁を噴き上げてきた。

そんな快楽をあげてなんか、やらないっ。

春奈はすぐに、口から棹を抜いた。

「えええええ」

鶴井の顔がみるみる歪《ゆが》んでいく。欲求不満地獄で喘《あえ》ぐ、男の苦悶《くもん》に満ちた顔だった。

濡れ時、挿れ時、に挿入を拒まれた女の恨みは怖いと覚えておいてもらおう。

鶴井はバットの列を向いて、自分で棹を握り、ガシガシ扱いていた。出したくて、出したくてしょうがないみたいだ。

「一回だした人には、もうフェラも挿入もなしだからね。倉田君が来たら、ふたりでまん所ツンツンはしていいけど、私が舐めたり、入れさせたりするのは、倉田君だけってことにするわよ」

春奈は底意地の悪さを見せつけた。これから政治家になるのだ。これぐらい「ワル」でなければ、務まらないだろう。

「お〜、まいっ、がぁ〜」

鶴井が陰茎を握ったまま、天井を仰ぎ見た。手の動きは止まっている。ぜいぜいと息を乱しながら、携帯電話を手に取っている。

「倉田ぁ、おまえ、まだかよっ」

それは春奈も気になるところだった。鶴井には強気に出ているものの、自分自身も、もう切羽詰まっていた。

「えっ、いまバックネットの裏の道？　歩いているって？　バカ、走れよっ」

鶴井が怒鳴っていた。

（そうだよ、走ってよ、倉田投手っ）

春奈も胸中で叫んでいた。もう淫気がまん所から噴き上げている。クリトリスが破裂しそうなほど、いやらしい気分になっていると伝えたら、人はわかってくれるだろうか？　要するに、そんな状態なのだ。

早く、早くという場合、指をクルクル回す。テレビ局とかの「巻き」のサイン。春奈は肉層の中で、「巻き」をやった。早く、早くぅう。クルクルクルッ。

（あぁぁあああああ、あっ、一回いった）

鶴井には黙っていることにした。女は得だ。

5

「何この状態？　その人誰よ？」

扉を開けて用具室に入ってくるなり、倉田隆平はのけ反り、大声をあげた。鶴井が何も説明していないのだから、当たり前だ。

「こんにちは、潮村春奈と申します」

用具室のバットの並んだ前。がに股で座ったままで、春奈は肉裂を掻き回しながら言っていた。当然、声は乱れ、顔を歪ませながらの挨拶だった。

「その恰好で、名前言われても……」

玉沢中央《たまちゅう》農林のエース倉田隆平がポカンと口を開けている。白いポロシャツにブルージーンズの恰好は、野球選手というより、日曜日に渋谷《しぶや》を歩くサラリーマン初年兵といった感じ。

「いいから、そこのバットをどれでもいいから取ってくれ」

鶴井が肉茎を握りながら、倉谷に促した。倉谷に見られるのは恥ずかしいのか、背中を斜めに向けて言っている。

（どうせ、もうち×こ出しちゃっているんだから、一緒だと思うけどな。私なんかさ、初対面なのに、まんちょ丸出しだよ）

「なんで、バットなんだ？」

これも説明不足だから、倉田は理解できないと思う。

「んんん、もう、うるせえなぁ。四の五の言ってねぇで、その候補者のクリトリスを見てみろよ」

鶴井は説明責任を放棄して、完全ショートカットで本題へと進もうとしている。

「いや、いくら早くスケベごっこに入りたくても、鶴井君、それは無理でしょ」

春奈が間に入った。どうせこれから男ふたりの身体の真ん中に入ることになるんだから、話の間にも入ることにした。

「倉田君。私のクリトリス、お姉さんのに、似ているかしら？」

春奈は尻を床に着けて、両脚をM字に開いた。御開帳。自分でも相当大胆な恰好をしていると思う。

「あったかいんだから♬」のメロディに乗せて心の中で「いやらしいんだからぁ♬」と歌ってしまった。

「おおっ、それ、姉ちゃんばりのデカクリ」

同じショートカットした説明でも、図形や表があれば、わかりやすいこともある。まん所の御開帳は、図解の役目を果たしてくれた。

「おぉおおっ、言っていることとわかった。それで、バットつんつん、するってかぁ？」

倉田が一気に理解してくれた。

「そう、そういうこと、俺さ、お前んところの姉ちゃんに、〈クリつん〉させてもらったから、いつか、お返しをしなきゃっ、て思っていたんだよ」

倉田に鶴井が歩み寄った。春奈の前を通ろうとしている。

ち×こを握ったまま、あわてて動いたのがよくなかったみたいだ。ユニフォームが足に引っかかったままだった。

「うわっ」

と、喚《わめ》いて、鶴井が転びそうになった。

「あ、危ないっ」

春奈は条件反射で手を伸ばしていた。こんな時に、マンガみたいな話だが、突起したところに手を伸ばしていた。他に捕まえる物がなかったんだから、しょうがない。無意識に強く握った。

ぎゅううう。

「そんな、いまそこ握られたら……うへっ、んぱっ」

ぴゅううう〜。

盛大に精汁が飛んだ。倉田のジーンズまで飛び散らかっていた。

「きったねぇぇえぇ」

倉田が男の汁を食らって、顔面蒼白《そうはく》になっている。

「BLじゃねえんだ。勘弁してくれよ」

「悪い、俺もその趣味はない」

鶴井も前のめりになった身体を、必死にストップさせて、荒い息を吐いていた。

「もう、あなたたち、訳わかんないこと言ってないで、〈クリつん〉するなら、早くやってよ。私、もうず〜っと、おまん所を出しているんだから、風邪ひいちゃうよ」

春奈は男ふたりを一喝した。

「すまん、すまん。すぐにやります。で、俺もとりあえず、ち×こ出していいですか？」

倉田がジーンズのベルトを緩めている。

「いや、おまえは、出すことないだろう。つんつんだけなんだから」

鶴井が口を尖らせている。友達に借りは返すが、春奈との淫交は独り占めにする気らしい。巨軀《きょく》のわりに心が狭い。

「倉田君も出していいのっ」

春奈が割って入った。

「ふたりとも、私とやるのよ。その代わり、日曜日にはちゃんと投票所に行ってっ」

私に入れてっ、とは言わなかった。個人的な利益誘導はしていない。投票行為を促しただけだ。

「絶対、入れます」

倉田がきっぱりと言った。

（何を思って……が、ま、どっちでもいいか）

その倉田が男根を取り出している。トランクスを外すと同時に巨木が目の前に倒れてきた。

春奈は息が止まった。

でっかい。目の前に並んだバットの尖端とほぼ変わらないといえば、さすがに大《おお》袈裟《げさ》になるが、すりこぎ棒ぐらいはある。

春奈は、倉田の巨根から目が離せなくなった。鶴井が倉田に出させまいとした意味がわかる。

「まず、バットでクリつん……」

自分からそう申し入れた。あの巨根を入れるとなったら、覚悟が必要だ。クリトリス潰しで、相応に潤滑油を回さないと、とんでもないことになりそうだった。

「じゃ、いいですか？」

ふたりがバットを持って近づいてきた。

「ちょっと待って、いま開くから」

春奈は床に尻をしっかり着けて、両脚を最大限に開いた。

ぬちゃ〜と肉扉が腿と一緒に寛《くつろ》いで、くちゃくちゃの肉皺《しわ》の中から、とろりと蜜がしたたり落ちる。

昂奮しすぎたせいか、大陰唇の上縁から、クリ豆が、ポンと飛び出した。

「でっけぇ」

ふたり同時に声を出していた。

「バットでのクリ潰しって、順番にやるものなの？」

聞くとふたりが首を振った。

「一緒に？」

「そう」

と鶴井が言った瞬間に、ふたつのバットが同時にまん所に載せられてきた。

「はぅう」

淫核の両側から挟むようにバットが押し付けられてきた。燃え滾《たぎ》っている肉芽にバットの尖端を微妙な震えで、擦りつけられる感じとは、切なく、歯痒《はがゆ》い。

きっとクリトリスはピンクではなく真っ赤に腫れあがっていることだろう。

正直、予想していなかったタッチのされ方だった。

「ぁあぁ……　バットでのクリつんて、一気に押し潰してくるんだと思っていた」

春奈は身悶えながら、首を振って訴えた。じわじわと快美感がマメの尖端に這い上がってくる。

「俺たちも、最初はそうしていたんだけれど、姉貴が、いろんなバリエーションを考え出して、突きはじめは、このやり方がいいってことになった」

倉田がバットを揺すりながら答えてくれた。微かなバイブレーションがたまらない。さすがに社会人野球のエースだけあって、手首が柔らかい。つまり、すごくいいということ。

「あぁああ。倉田君のお姉さんって、天才的なオナマニア。うわぁあああぁ」

春奈はそのまま歓喜の声をあげた。

ふたつのバットで、右から左から、上から下からと、淫芽を挟まれ、揺さぶりをかけられて、春奈は、気が遠くなりはじめていた。

ぬちゃぬちゃと舟底型の肉所に蜜が溢《あふ》れ、太腿は痙攣しっぱなしだった。おそらく自分の顔は、嬉しさで、皺くちゃになっていることだろう。

ふたりの動かし方に違いがあることも、悦《よろこ》びを倍にしてくれた。倉田は柔らかい手首を上手く使って、絶妙なバイブを与えてくれるのだが、鶴井の動かし方は無骨だった。丸味を帯びたバットの尖端とはいえ、ガクンガクンと鋭角的に動かすので、時おりクリの芯を大きく揺さぶられる。

このふたりのアンバランスがいい。

「あっ、あっ、あん」

倉田が肉芽の周囲を旋回させるようにバットの位置を少しずつずらしていく。

「ふぁ～ん、いいわぁあ」

その振動に身を委ねている最中に、またまた鶴井がバットを大きく動かした。がつんっ。

クリのてっぺんを叩《たた》いていた。

「うわぁああっ、いっくぅう」

不意打ちを食らい、春奈は四肢を伸び切らせた。コンクリートの床に背中を着けて、口から涎《よだれ》を零《こぼ》し続けた。

そこにまた、倉田の規則正しい振動が降りかかってくる。

「うわっ、うわっ、いまいったばかりだから、そんなにされたら、おかしくなっちゃう」

痺《しび》れている身体に鞭《むち》を打って、どうにか半身を起こした。何か掴《つか》まるものが欲しい。

「姉貴がさ。一回いってから、またむりやりいかされるのがいいんだって、言っていたよ。ひとりエッチじゃ絶対にそうは出来ないから、他人頼りの自慰がいいんだって」

倉田が手首を揺すりながら、言っている。

「他人任せにしたら、オナじゃないでしょうよ。あっ、いやっ、またいっちゃう」

熱に浮かされ、譫言《うわごと》を言いながら、春奈は両手を伸ばした。また倒れそうだから、ふたりの男根に掴まった。

鶴井の明太子は掌中にすっぽり収まった。

倉田のすりこぎ棒は、収まり切らないので、先端に手のひらを当て、ボールを磨くみたいに撫でてあげた。

「おぉおっと」

鶴井がふらついた。またバットが不規則に動く。がつっ。

「いやぁああ。また芯を叩いたぁ」

歯を食いしばったものの、口から泡を吹きそうになった。眉根が吊り上がり、嬉しさに、涙がぽろぽろ落ちてくる。

（クリ潰されるのって最高っ）

これ以上、されるがままにやられていては、気を失ってしまうだろう。春奈は反撃に出ることにした。

「木製バットじゃなくて、粘膜バットがいいっ」

二本同時に握った男根を、同時に摩擦しながら言ってやった。

「挿入ですかっ？」

鶴井が目を輝かせた。

「まだまだ。おしゃぶりの続きからよ。舐めている最中も、バットを当てていてもいいよ」

あえて「当てていてもいいよ」と伝える。このふたり、懇願したら図に乗るに決まっている。春奈としては、ふたりを交互に舐めながら、適度にまん所の熱くなっている粘膜を硬いバットで擦ったままにしてほしいだけだ。

「わかりました」

「じゃぁ、そこに並んで」

春奈は屈んだまま年下の野球選手ふたりに命じた。ふたりはすぐに壁に向かって横に並んだ。春奈はバットの列を背にしゃがみ込んでいる。

「窓あけようか？」

鶴井が提案している。

「なんか、そのほうが開放的だよな」

倉田が応じて、窓を開けた。外から見れば、ちょうどふたりの顔が見えるぐらいの高さにある、横長の窓だ。屈んでいる春奈が見える心配はなかった。

窓を開けたせいで、室内に春風がそよいできた。確かにこのほうがいい気分ではある。若干花粉も混じって飛んでくるのはご愛嬌《あいきょう》だろう。グラウンドを囲むように杉の木が並んでいるんだから、バリバリに飛んできそうではある。

「じゃあ、さっき鶴井君が一回出しちゃったのは、ノーカウントにしてあげる。もう一回、舐め直しするね。倉田君は、手扱きしてあげるから、口はちょっと待って」

春奈は、小ぶりな鶴井の明太子から口に入れた。倉田の巨根を舐める前に、ウォーミングアップが必要だった。

「んんんっ、俺すぐに出ちゃうよ。出しちゃったら、挿入NGなんですよね」

鶴井が苦悶に満ちた声をあげている。明太子は、かなりフランクソーセージの硬度になっていて、舌の上で、ぴょんぴょんと跳ねていた。春奈は今度は焦らさずに、一気に亀頭の丸味を吸い寄せ、裏側をべろべろと舐めてやった。早めに吐き出させてやらないと、ちょっとかわいそうな気がした。

「それは約束よ。発射はひとり一回まで。だってひとり一票なんだもの」

ここが駆け引きのしどころだ。亀頭の裏側の窪みを執拗《しつよう》に舐めながら、上目遣いに鶴井を見つめた。

「友達にも頼みますから、そしたら、そのぶんも?」

「もちろんよ。もう出したい?」

春奈は片目をつぶってみせた。

「かっ飛ばしたいです」

スラッガー鶴井が腰を振った。春奈は口をO型にして、唇に力を込めた。

「ぁあぁん。唇が捲れちゃうっ」

「潮村さんの口まん、最高です。中に涎がいっぱいで、ぐちゃぐちゃ加減が、本物のおま×こと同じ感触なんです」

最高の誉め言葉をもらい、春奈はさらに唇を窄《すぼ》めた。玉袋もやわやわと握ってあげる。握るたびに、口の中で亀頭が跳ねた。

春奈のまん所では二本のバットがコッンコッンとぶつかり合っていたが、基本的に鶴井のバットに肉裂を擦りつけた。こちらのほうが不安定で、感じる。

もう一方の手もフルスピードで動かした。倉田の極太亀頭を捏ねまわし続けた。

「あの、棹を自分で擦ってもいいですかね」

倉田が、震える声で言ってきた。亀頭を丸められるだけでは物足りないらしい。

「も×△ん◎」

もちろんよ、と答えたつもりだが、鶴井の棹を舌で転がしていたので、へんてこりんな滑舌《かつぜつ》になっていた。最後の「よ」の発音で、亀頭の裏をベロンと舐めてしまった。

「あうぅう……潮村さん、いきなりしゃべるから、でるっ。おれ、こんな出し方ばっか」

鶴井の熱い汁玉が飛んできた。

「うへっ」

さっき出したばかりだというのに、質量共に、凄《すさ》まじい勢いの精汁だ。喉ちんこが焼ける思いだ。熱い湯をゴクリと飲みほした。鶴井は短い時間の間に、二射精したので、その場にへなへなと座り込んでしまった。

一票確保っ。

「鶴井君は、休憩して。じゃぁ、倉田君の舐める」

春奈は二票目に取りかかった。

「自分の手で擦る前に、舐めてもらえることになってよかった」

倉田は素直に喜んでくれた。

春奈は口を大きく開いた。フランクフルト・ソーセージとかバナナとかを頬張る時よりも、大きく開けていると思う。

(この口の開け方、何を口にする時だったろう?)

開けたまま亀頭に唇を寄せた。

(ううう、顎が外れる)

想い出した。ホットドッグを丸かじりする時の大きさだった。

パックリと亀頭部を口中に入れた。自分の顔が大きく膨らんだ気がする。

「おね◎■、うご●さな△で……」

お願い動かさないで、と言ったつもりだが、ほとんど舌が上がらない状態で、しかも喉の奥が塞がれてしまっているので、倉田には聞き取れなかったと思う。

「わかっているさ。ゆっくり舌で舐めるなり、涎を回してくれ。おれ、こんなふうに女子にかっぽり含まれたの初めてだから、それだけで感動だよ」

おぉお、やっぱりこんな大きいち×こを咥える女子はいなかったってことよね。

つまり自分がいましていることは、田中市女子にとって、快挙ってことだ。

フェラチオ大会で金メダルをもらったような気分になった。

嬉しさあまって、春奈は口の中の肉根の下半分を舌でベロンベロンと舐めた。涎がどんどん溢れてくる。顎のあたりまで、べとべと垂れてきた。

「いいっ。じわじわとちんこが溶けてくるみたいだ。きっもちいいっ」

口の中に収めているほうとしては、どんどん硬くなっているような気がするのだが、舐められている倉田は、溶けると言っている。

(私の舐め方、名人級？)

誉められると図に乗るタイプなのは、自分だった。

口の中がとうとう涎塗《まみ》れになった。倉田が軽く腰を揺すると、口の中がじゃぶじゃぶと鳴った。

「生ま×こ状態っす」

倉田が感極まったような声をあげ、肉根を律動させてきた。

じゅっぽっ、じゅぽっ。かなり滑らかになっている。唇はきつく結ばなくても、ぴっちりと肉根に張り付いていた。

「見ているだけで昂奮してくる」

鶴井が再び立ち上がってきた。股間の中心が怒張している。すでに二度発射しているのに、淫脳が新たな挑戦を命じているのだろう。

（体育会男って、凄いや……）

春奈がこれまで関係のあった男たちは、文系男子と芸能関係者ばかりだった。それらの男たちもエッチに関して、かなりのアイディアがあったのだが、体力はなかった。

文系男子の優しさや、芸能界男の変態性は否定しないが、この体育会男たちのセックス推進力には恐れ入る。

春奈はあらためて、男たちを迎え撃つ覚悟を決めた。

じゅぽっ、じゅぽっ、と倉田の極太根を唇でスライドさせながら、鶴井の明太子根を手のひらに収めた。

しゅっ、しゅっ、と扱く。小さいが鋼鉄のように硬くなっていた。釘《くぎ》でも叩けそうな硬度だ。

ふたりは窓に顔を向けたまま、同じような表情をしていた。春奈は口と手を交互に使って愛撫した。

ち×こには大小の差があるが、どちらも愛嬌のある亀顔を見せていた。

鶴井の逸物は、小さいが亀の顔に怒張マークがついている感じ。

倉田の肉茎は全体的に大きい。亀頭は菩薩《ぼさつ》顔をしていた。

片方ずつしゃぶり、もう一方は手筒で律動させた。ふたり共に、カウパー腺液をちょろちょろ漏らしているので、手も滑りやすい。

絶好調になってきた。

「おっ鶴井じゃねぇか？　玉中の倉田も一緒かよ」

窓の外から誰かが声をかけていた。野球部の同僚らしい。

「全日本の代表同士だから、海外戦の相談かい？」

別な男の声もかかっている。

鶴井と倉田は全日本に選抜されるレベルの選手らしい。春奈の口淫にも勢い力が入った。

「そうだ、その相談だ。はぁ、うっ、はぁあ」

答える鶴井の声は乱れっぱなしだった。それもそのはず、春奈は外からの声を聞くと同時に、唇のスライドを早めていた。

「なんだよ、鶴井、顔を真っ赤にさせてよぉ。おまえ、そこで扱いているんだろう」

最初の男の声だった。春奈は猛烈に唇を動かした。頬ごと窄めて吸う。

「ぁあ、いま最中だっ」

「倉田も、わざわざうちに来て、手バットかよ」

「悪いな……」

春奈はあわてて倉田のち×ぽに口を移した。すぐには入り切らないので、菩薩のような顔をした亀頭の尖端をベロ舐めしてあげる。れろれろれろっ。

「くわっ」

倉田の太棹が痙攣を起こした。舌を這わせていた薄桃色の尖端の小穴から、白い粘液がどろりと漏れてきた。

(あわわわっ。もう溢れさせちゃった)

春奈は慌てて舌を止めた。

「じゃぁなっ」

「また、来週っ」

「おうっ」

そんな声が春奈の頭の上で行き交っている。同僚たちは立ち去ったみたいだった。

「ねぇ、ふたり共、もっとち×ちんを寄せて」

正直、交互に舐めているのが、面倒になってきた。

「寄せてもいいけど、倉田のち×ぽと接触するのは、やだよ」

鶴井がおそるおそる右に寄りながらため息をついた。

「俺だって同じだよ」

倉田も左に寄りながら言っている。

(私も女同士なんて、いやだ)

「まとめて舐めるんでも、いや？」

とりあえず聞いてみた。

「二本、口に入れちゃう気ですか？」

鶴井が目を丸くしている。

「そう。二つ同時に舐めてみたい」

倉田の巨根だけでも口にいっぱいいっぱいで、さらに小さいとはいえ鶴井の棹を足すのは不可能なことに思えるが、いまは挑戦してみたい気がする。

「なんで、そんな無茶なことをしようとするの？」

倉田が呆《あき》れたような顔をしている。

「私、いまかなり困難な状態にいるの。なんの地盤もないのに市議に立候補しているのよ。知名度もあるわけじゃないし、時間もたりない。こんな時って、無茶なことに挑戦して、克服できるかどうか試したくなるのよ。ち×こ二本、口に入れることが出来たんだから、きっと頑張れるみたいなね」

春奈はまず倉田の巨根に舌を這わせながら言った。

「選挙、そんな大変な状況になっているんだ。民自党の公認候補だから楽勝だと思っていたけど」

鶴井は自分で弄《いじ》りながら言っている。春奈は手を伸ばして、肉明太子を口元に引き寄せた。

「予想以上に共生党候補者が支持を集めているらしいの。それに私、ご覧のようなセクシー路線だから、女性からの人気って、ないんだよね」

「それで、混戦状態になっているんだ」

倉田が巨根を鶴井のち×ぽに寄せてきた。僅かに触れた。

「この混戦から抜け出すには決定打が必要なの。お願い、ふたりとも、力を貸して」

春奈は思い切り誠意を込めて、鶴井と倉田の男根の尖端を舐めた。

一本一本が大きな票田へと繋がっていくのだ。

「わかった、俺らが、それぞれの会社で、票を固めてやる。大きな口は叩けないが、男子社員は、ほとんど協力してくれるさ」

倉田が笑いながら言っていた。

「潮村さんは、大きく口を開けて」

鶴井が倉田の陰茎にぴったり自分の棹を寄せた。密着。親亀と子亀が顔を並べているように見える。

春奈は、可能な限り大きく口を開いた。目の前に大小の肉根。口中に涎を溜めて、顔を寄せた。

(入るか?)

簡単には入らなかった。倉田の巨根にはだいぶ口が慣れたのか、すんなり含むことが出来るようになったのだが、これに「小」とはいえ鶴井のち×ちんを足すのは、困難を極めた。

「あの、無理なんじゃないすかね。俺のが二本なら、どうにかなると思うけど、倉田と一緒じゃ、不可能でしょっ。それに俺のも足したら、普通の三人分だもの」

鶴井が、ちん先を春奈の唇に押しつけながら、嘆いている。

たしかにおっしゃる通りだ。しかし、その不可能を克服してこそ、運も付くというものじゃないか。

春奈は諦めなかった。もう一度、口を大きく開けた。

「ふたりで、なんとかこの中に納めてっ」

口内挿入を、男ふたりに依頼した。自分はひたすら口を開けることに専念する。

「先に倉田が入っていると、隙間がないんだよ。俺が挿した余白に倉田が捻《ね》じ込んでくるのって、どお？」

「そんなことしたら、潮村さんの口が裂けちゃわないか？」

男ふたりが相談しながら、春奈の唇の上で亀頭をぶつけ合っていた。

「やっぱり、俺が先に突っ込んで、鶴井が、ゆるゆる入ってくるのが、王道じゃねえ？」

倉田が逆提案している。

「そっか、俺が勃起を押さえて、ふにゃふにゃにすれば、隙間からでも入れられる。入ってから、少しずつ膨らませるって手がある」

と鶴井。かなりな名案だ。まずは倉田の巨ちんが再挿入される。

窓からの微風に春奈は鼻を擽《くすぐ》られた。花粉……鼻水が出そうだ。ここで鼻水を垂らしては色気がなさすぎる。

「そうっ。風船の原理」

「おおっ」

勃起力充分の倉田が先に入れてきた。鶴井は待っている。

「と、いうものの、そう簡単に萎《しぼ》まない」

鶴井が玉袋を揉みながら、口を「へ」の字に曲げていた。

（それもそうだ）

こんないやらしいことしている状態で、縮む方が不自然だ。

なんて、思っているところに、鼻がグシュグシュになってきた。鼻水が垂れるのを堪《こら》えていたら、くしゃみが出そうだ。

（ふぇ～、ふぇっ）

必死に鼻と喉を宥《なだ》めようとしたけれど、こみ上げてくる強い呼息《こそく》を押さえようがなくなってきた。

フェラチオの最中のくしゃみって、最低じゃないか？

ふぇ～くしょんっ。口が無意識に最大限のさらに上を行く大きさに開かれた。

ずぽっ。そこに、鶴井の半立ちち×こが飛び込んでくる。

「げぼっ。うわっ」

「やったぁ、二本同時に入ったっ」

春奈は、一瞬呼吸困難になったが、鶴井と倉田が同時に雄叫《おたけ》びを上げていた。口いっぱいに二本の肉根を収めた瞬間だった。

「んぐ、んぐ、んぐっ」

口の中で寄り添いあう二本の肉根が、どちらも、むくむく、とさらに大きくなってきた。

「ふわっ、くわっ」

口の縁が広がりすぎて、自分の顔がムンクの「叫び」になっているのを感じながら、春奈はとにかく舌を動かした。巻くように舐める。

じゅるっ、じゅるっ、じゅるっ。

唇の律動は無理だ。ふたつばらばらに動かされたら、自分は失神してしまうだろう。

とにかく、舌でふたつの亀頭の裏筋を舐めまくる。べろんべろん。

「んんん、たまらんっ」

倉田が白目を剝きはじめた。

「はうぅ、はうぅ。俺、もう三発目なんだけど、まんちょには入れてない」

鶴井が不服そうに口を尖らせ、腰を引こうとしていた。逃がしてなるものかっ。

春奈は鶴井の小亀頭に舌を移し、高速回転させた。

「うわっ、うわっ、また漏れる」

鶴井は必死に口から引き抜こうとしているのだが、倉田の巨根と相まって、ぎゅうぎゅうに詰められているので、抜こうにも抜けないという状況らしかった。

春奈はあらんかぎりの力を込めて、唇を結び、ほんのわずか律動を試みた。

涎と、倉田の先走り汁と、鶴井のちょろ漏れしはじめた精液がごちゃごちゃになって、滑りがよくなってきた。

ぬぽっ、ぬぽっ。

「うひゃぁあぁ……俺も出るってばっ」

倉田も悲鳴をあげた。見上げれば、その顔は呆然としていた。ホームランを食らった時の表情だ。

（勝ったっ）

特に勝負なんかしていないのだけれど、春奈は、この体育会系の男ふたりを打ち負かした気分になった。

（勝利って、最高）

やはり選挙にも勝たなければならない。春奈は一気に顔を動かした。

「うっ」

「わっ」

口の中で、二筋の精汁が同時に飛んできた。

こんなの食らったのは、はじめてだ。全日本のエースとスラッガーの大迫力の精汁シャワー。

じゅっ、じゅっ、じゅって感じ。

（うっひゃぁああ）

春奈はゴクゴクと喉をならして、混合精汁をのこらず喉奥へと流し込んだ。

「ふぅうう。俺、もう出ない」

「おぉおおお。こっちはまだ出る出る」

「ぬわわわ」

三人三様の呻きをあげた。

数秒して、口が楽になった。倉田の巨根が萎みはじめたのだ。

「はぁ〜ぁ。やっと声が出せる」

春奈は二本の男根をしゃぶったまま、歓喜のため息をついた。顎が外れそうな想いも、終わってみれば、癖になりそうだった。

『苦しいことを、やり遂げた後に得る、果実は甘い』

この体験から、格言を得た。当選したら、色紙には、こう書くことにしよう。

6

「鶴井君は、もうさすがに、勃起しないでしょう？」

春奈は白いニットセーターを脱ぎながら聞いた。鶴井は用具室の窓を閉めている。曇りガラスの窓が外との視界を遮断してくれた。

「勃起はするんですが、もう出ないと思います」

「おまえ、三射《さんしゃ》したんだから、もういいだろう。打点は充分かせいだよ」

倉田が鶴井をからかいながら、床にマットレスを敷いている。なんでここにこんなものがあるのかと、先ほど尋ねたら、ここでマッサージを受けることもあるからだという。

「倉田君は、まだ、いけるわよね」

ブラジャーも取って、ゴールドのミニを腰から引き抜いた。まろび出た乳房の尖端で、乳首が疼いていた。

(もう、コリッ、コリッになっているわ)

まん所はバットに擦りつけていたので、ある程度の満足を得ていたが、ダブル・フェラをしていた時から、乳首が疼いてしょうがなかった。

マットレスを敷き終えた倉田にバストを突きだして、触らせようと試みた。

「潮村さんて、乳首とクリトリス、同じぐらいの大きさですね」

倉田は胸と股間を交互に指さして、そう言っている。

触ってはくれそうにない。

そもそも乳首とクリの大きさが一緒だなんて、どういう意味だ。

「誉めているの？　貶《けな》しているの？」

クリトリスが大きすぎるとも言えるし、乳首が小さすぎるとも取れる。

(私の乳首、小さすぎるってことは絶対ない)

つまりはクリが異常にデカいって言いたいわけ？

「どっちだって、いいじゃん」

倉田が、指を突きだしてきて、左側の乳首を、ちょん、と押した。ジーン。甘い痺れに襲われる。

「あへっ」

春奈は腰が砕けたように、床にへたりこんだ。

続けざまに、右側も、ちょん、ちょん、された。

「ぁあぁ〜」

呻かされる。

（いやだぁ。乳暈《にゅううん》がブツブツになっちゃった……）

みずからすすんで、マットレスの上に横座りになった。人魚のポーズ。自分で言うのもなんだが、肌がほんのり桃色に染まって超エロい。

ふたりの男たちも、まっぱになった。

「挿入は倉田君だけっ」

口とおまんちょは別物だ。二本刺しはさすがに困る。

「えぇえ〜。俺まだ勃起はしているのに」

鶴井が不満の声をあげた。

「だって、もう出ないでしょっ」

「空焚《からだ》きだって、いいじゃん。擦れ感は味わえる」

「鶴井君は、いいかもしれないけど、私には別な考えがあるの」

春奈はウインクしながら、まん所を広げた。人差し指と中指で逆Vサイン。クリトリスがボロンと飛び出した。

「やっぱ、乳首よりは、ちょっと小ぶりだ」

と倉田。この際、その話題についてはパスする。

「鶴井君は、ち×こで私のクリを押しつづけて」

「はぁ？」

とまた鶴井が口を尖らせる。

「倉田君がインサートしている間に、鶴井君は、ち×こでクリ潰しするの」

春奈は、いけしゃぁしゃぁと言ってのけた。

「ちんオナって、聞いたことねぇけど？」

鶴井が自棹と春奈の淫芽を見比べている。

「俺も……」

倉田も呆れ顔だ。

「オナの未体験ゾーンへ」

と春奈。

「ばっかくせぇ……。俺、あんたには付き合いきれねぇ」

倉田がクルリと背中を向けて、脱いだトランクスを拾おうとしている。春奈は腕を伸ばし、倉田の男根を鷲摑みにした。

「挿入だけは、してっ。フェラだけさせて帰るなんて、ずるい」

こんな巨根、二度と出会えないだろう。未挿入で終わってなるものか。

「俺が挿し込んでいる間、鶴井のち×こが、ソコに当たっているんだろう？」

「そういうことだけど……」

鶴井が話に割り込んできた。

「俺も気乗りしないなぁ……。倉田の棹が出入りするのを見ながら、ち×こをクリに押し付けるって、体勢的にも、かなり無理があるんじゃないかな？」

鶴井は具体的な心配をしている。

「私、考えたんだけど、A案は正常位で倉田君が挿している真横から、鶴井君がち×こを斜めにして、クリを打つっていうやり方で……」

これがオーソドックスなやり方だと思う。ま×この上に二本ち×こが乗る按配だ。

「B案は、私が立ちバックていうか、四つん這いの腰上げ体勢になるわけ。股を大きくひろげてね。そうするとクリが下向くでしょう。で穴は上側になる。倉田君は私のお尻に重なって、鶴井君は下側から、クリを突くの……」

一気に案をまくしたてた。

「あんた、服脱ぎながら、ずっとそんなこと考えていたのか……?」

倉田が眉根を寄せて聞いてくる。

「そうだけど……」

春奈は小首を傾げて、それから頷いた。

「やっぱり、俺、帰るわ。まっ、選挙は応援する。けど、あんたには、深く関わりたくない」

倉田が腰をあげた。

「B案なら、俺はいい」

鶴井が声をあげた。

「マジか?」

「やってみる価値はある」

その会話を聞きながら、春奈は立ち上がった。マットの上で、腕立て伏せのようなポーズをとる。

両手両脚を大きく広げた。

「倉田君は後ろに回って、お尻を抱くようにして入れて」

きちんとした指示を出した。

「鶴井君は前側から私の下に潜ってて っ。顔がちょうどおっぱいの下に来るような恰好になって」

「わかりました」

体育会系男子は命令に従順だった。倉田も、意外にあっさりバックから突き立てる位置に付いてくれた。マットレスに膝を突き、亀頭の入射角度を合わせようとしている。この体勢だと、鶴井の肉杭が気にならないので、いいということだ。

「逆さまんになているので、挿し込みやすいでしょう」

「うん、ボールを置きに行くっていう感じ」

淫穴の周りで、くちゃくちゃと巨大な肉頭を擦っている。愛液をまぶして、粘膜同士を馴染《なじ》ませている行為だが、春奈は、他の男の時でも、この瞬間が、結構好きだった。いままさに、入ろうとする男根が、じっくり準備を整えている様子は、離陸のために滑走路を進む飛行機に乗っているようで、わくわくする。

ぬるっ、ぬるっ、ぴちゃ。

倉田は小陰唇の狭間《はざま》に亀頭冠を擦りつけ、時おり、蜜に溢れた淫穴の上まで持ってくる。ぴちゃ、はその時の音だ。すぐには挿入してくる気配はない。鶴井の準備を待っているらしい。

鶴井の方は、春奈の身体の真下に滑り込んできた。正常位の男女逆バージョン。指示通りに顔を垂れた乳房の下に置いている。

「まだ、おっぱい舐めちゃダメだよ。せーので、一斉にやるほうが、私一気に感じられるから」

春奈は、鶴井の鼻先で、乳房を振ってやった。しこった乳首が、鶴井の鼻梁をすれすれに通る。匂いだけかがせてあげた。

鶴井が舌先を伸ばしてきて、乳首をペロンとしようとしたので、すぐに身体を反らして、躱《かわ》した。

鶴井は、哀れな顔をしたまま、腰をもぞもぞ動かしていた。鉄骨のような硬度の肉柱で春奈の淫核を探り当てようとしているのだ。

「あふっ」

ゴリゴリに固まった亀頭で、クリをツンツンされた。ジーンと痺れが舞う。春奈は身を捩って悶えた。

「まだっ。まだよっ」

腰を浮かせて、クリつんを躱した。すると、こんどは倉田の亀頭が蜜を溢れさせている女壺の入り口に、ぬぽっ、と、埋め込まれてきた。

「そっちも、まだ、だめぇ〜」

尻を跳ね上げた。

ほとんど自分本位の快楽追求だとは自覚しているけれど、そんな日があってもいいと思う。

エッチのレディースデーだ。

男の立場を顧みずに、女が没頭する日があってもいい。

公約に入れちゃおうか？

田中市は毎月十一日を、エッチのレディースデーにするってどうだろう。女性票が取れるのでは？

問題は、どうアピールするかだ……

なんて妄想していたら、後ろから、ズン。ズコ、ズコ、ズコッ。

「やっだぁああ。うわんっ」

倉田が、制止を聞かずに、巨砲を無遠慮に突っ込んできた。充分潤滑液をまぶしているとはいえ、口でも往生した巨根を、心の準備が出来ていないままに、秘孔に押し込まれたのだから、たまらない。

春奈は、背筋を伸び切らされた。

「おっきいんだからぁ～」

叫ばずに、いられない。

ぷしゅっ、ぷしゅっ、ぷっしゅ～ぅうう。

肉層に入り込んだ棹に圧縮されて、膣穴の脇から、まん蜜が噴きこぼれている。

「ふぅう。一気には入らない」

倉田がため息をついた。膣の中ほどで、亀頭を止めている。

(私、クリはでかくても、穴は小さいのだ)

「こんな狭い穴は初めてだ」

「いいえ、あなたのち×ちんが、やすやすと入る女は、ちょっとゆるまんだと思う」

「そうかなぁ～」

春奈は率直な意見を述べた。

「いや、ここで、別に、考え込まなくていいんだけど」

突くなら、突く。引きあげるなら、引きあげる。どっちかにしてほしい。

膣路のど真ん中に鰓を止められて、じっと考え込まれることほど、女にとって厄介なことはない。

「押し込みたいんだけど、この先が細くて、動かない」

たしかに倉田は、ちみっ、ちみっ、と亀頭を奥へ進めようとしているのだけれど、春奈の膣路が、ぴったり張り付いて、侵入を止めている按配だった。

「あんまりにも大きなのが入ってきたから、蜜が全部脇から抜けちゃったのよ」

事実そんな感じだった。水鉄砲の水をすべて噴きだしてしまった状態なのだ。

「そんなことってありえるの？」

「私だって、わかんない。ち×こにまん肉が張り付くなんて、普通、ない」

「潤えば、入る？」

と、鶴井が聞いてきた。

「おそらく……」

特に根拠はない。だけど、びちゃびちゃに濡れたら、どれほど大きなち×ちんでも、どうにか入るような気はする。

「じゃぁ、俺がクリつんしてみようか。それで濡れるかも？」

「ぁあっ、それがいい案かも」

春奈は俄然、のり気になった。

「やって、やって。ついでに、乳首を、べろ舐めしてもいいっ」

もはや、タイミングを計っているゆとりなんてない。

まん所も、クリも乳首も疼いている。なのに倉田の棹が動かないのでは、にっちもさっちもいかないのだ。

春奈は、懇願するように尻を振った。

「なんかさ、結局、鶴井のほうが、お得な役目じゃないかよ」

尻の動きを止めたままの倉田が、ぶっきらぼうに言っている。

「でもさ、潮村さんのおまんちょに、挿入しているのは、お前だからさ」

鶴井はまだ挿入させてもらえなかったことに、こだわっているようだ。

「あの、ここで議論しないでくれる?」

春奈は眉間に皺を寄せた。

「そうだよな。とにかく、いまはクリつんだ。やってみる」

鶴井が言うなり、腰を跳ね上げた。亀頭が下から盛りあがってきて、腫れた淫核をドスンと突いた。

「うっはっ」

脳が吹っ飛ぶような、衝撃に見舞われた。ロケットに乗せられて、宙に飛ばされた感覚だ。

どん、どん、どん。続けざまにクリを打たれた。

「はぁ～んっ」

春奈は尻を掲げて、背中をしならせた。底知れぬ快美感を得た。

「倉田、どおよ？　濡れてきた？　おれ、ちょっと脇腹が痛い」

腰を突き上げている鶴井が、息を荒らげている。春奈を挟んで上下で語り合っている。幼馴染みは仲がいい。ちょっと妬《や》ける思いだ。

「おぉ、濡れている」

倉田が答えて、膣の中腹にいた亀頭を、ずいっと前進させてきた。

「うぅうっ、動いたっ」

クリつんされて、肉路の底からにふたたび潤いがこみ上げてきている。凄い量だった。

鰓を張った亀頭が、ズンズン子宮に向かって落ちてくる。わくわくする期待感に、ますます淫液が増してくる。

「鶴井君は、クリトリスをバンバン打って、倉田君は、一気に滑らせてっ」

春奈は、全身を激しく波打たせながら、叫んでいた。

「よっしゃぁ～」

鶴井が天井の釘でも打つように、淫芽に狙いを定めて、かちんこちんの亀の頭をぶつけてくる。

「あっ、あっ、いやんっ」

淫芽がアメーバのように引き伸ばされる思いだ。春奈は口を大きく開けて、首を振りつづけた。気持ちよすぎて、意識が遠くに飛んでいってしまいそうだ。

「俺も、前進するぞっ。うぉおおおっ」

倉田が大進撃してきた。この陰茎、まさに淫撃の巨人だ。

「いやぁああ、広がるぅう」

身体を股間から押し広げられる快感に、春奈は歓喜の声をあげ続けた。じゅるじゅると飛沫《しぶき》を上げて、亀頭が突っ込んでくる。

「あふっ、あぁ、くくくっ」

膣層が未知の広さへと、拡大されて、粘膜が打ち震えた。

「あぁああ。襞がめくれちゃうっ」

春奈はやみくもに身体を動かした。

「どうだぁ。行き止まりまで、届いただろっ」

倉田が雄叫びをあげた。陰茎はとうとう、肉底までたどり着いた。

圧倒的なち×この存在感。

「んんん、ぬわっ」

そこで春奈は一度極点を見た。瞼の裏に、いくつもの星が飛んでいた。

「ここからが、勝負だっ。鶴井、俺は直球勝負。おまえもフルスイングで来い」

「おおっ」

またふたりが春奈の身体の上と下で、声を掛け合っている。なんなのよっ。

(お願い、私のクリクリとまんちょんを使って、無茶な勝負をしないで)

なんて思っていたらぁ、ええええええっ。

グイーン。ズズズズ。巨根の鰓が引き上げられた。それも思いきり早い速さでだ。

「うわぁあああ」

膣路が一気に逆撫でされた。

「くわぁあああ」

膣襞が陰茎にくっついて、引っ張り上げられる感じ。

（まん皮が裏返るぅうう）

そんなこと、あるわけないのだが、巨根というのは、入る時以上に、抜かれる時のほうが、擦れが強い。

「倉田君の、ち×ちん、やっぱおっきすぎる。あぁああ、出し入れなんか、とてもむり」

興奮のあまり、もう声も嗄《か》れてしまう。

倉田が鰓で膣襞を抉《えぐ》りながら引き上げている最中も、鶴井はクリを小刻みに突いてきている。

「あっ、うわっ、クリが、ぬわん、穴がっ」

春奈は翻弄され続けた。

ズコーン。ズルズルズル……バッコーン。

「あうぅ」

倉田に押されては、昇り、引き上げられては、また極みを見る。

「くぅう、クリもぉおお」

ずんちゅ、ずんちゅ、ずちゅーん。

規則正しい、三拍子でクリトリスを叩かれまくり、春奈は毎秒一回のペースで、絶頂を迎えていた。

いつの間にか、票などどうでもよくなり、ひたすらこの快感の中に、身を委ねていたくなってしまった。

第五章　当選エクスタシー

1

今村里美は真夜中の浜町《はまちょう》でタクシーを降りた。すでに午前四時。曜日は木曜から金曜へと変わっていた。

春とはいえ、さすがにこの時間になると、肌寒い。里美はあえて着てきたトレンチコートの襟を立てた。

浜町は田中市随一の歓楽街。この時間でも、メインストリートの角栄《かくえい》通りは煌々《こうこう》としており、雑居ビルのあちこちから、男と女の笑い声が聞こえた。

投票日まで、今日を入れて残り二日。

里美は女性票の最終取り込みを図るために、馴染みのクラブへと向かった。

東西に走る角栄通りのちょうど真ん中ら辺にある目白《めじろ》ビル。

白亜の伏魔殿《ふくまでん》とも呼ばれるそのビルには、ワンフロアに一店単位で、高級すし店や会員制天麩羅《てんぷら》屋、イタリアンレストランなどが入っている。

この辺りにしては、猥褻《わいせつ》感の少ない品のよい店ばかりだ。

したがって、このビルだけは、深夜一時を回ると、灯が消えている。

里美は最上階である六階にたどり着いた。このフロアだけがまだ店を開いている。

（またこの川を渡るんだわ）

里美はクラブ〈ＬＯＶＥ〉の扉を開けた。

ビクトリア調のソファやテーブルが置かれ店内には女性客が三組ほどいた。ホステス相手に、楽しそうに語り合っている。当然指を絡め合っている客とホステスもいた。

「あ～ら、里美、いらしゃいっ」

奥にあるカウンターの中から、いきなり大ママの真紀子《まきこ》の掠《かす》れた声が響いてきた。

（あ～あ。またここに来てしまった）

女の票をまとめるには、欠かせない場所だった。

ここは言わずと知れたレズクラブ。オーナーママの真紀子に依頼すれば百票はまとまることを知る人は少ない。

地元田中市の選挙に限らず、自分が依頼された選挙があれば、里美は選挙戦終盤には必ず、この〈LOVE〉を訪れていた。

レズ人脈は全国にくまなく網羅されている。それを操るママが日本に五人いるという。田中市の真紀子は、その一人である。

早く依頼しすぎてもダメな人種だった。

昨日のことを百年ぐらい前に思う人たちだった。

さりとて、前日では間に合わない人たちだ。平日ずっと夜更かしの職業柄、日曜日はややもすると投票の締め切られた午後八時過ぎに起きたりする。

木曜の夜更け、つまり金曜の未明。そうこのタイミングで頼むのがピッタリなのだ。

「来たわね。投票日二日前だけのレズ女」

真紀子が真っ赤な唇に煙草《たばこ》を咥《くわ》えて切り出してきた。

四十代前半。スラリとした体形を赤いカクテルドレスに包んでいる。

「お膝元でのことですから、頼みます。今回は女性候補者ですし、大義名分は立つんじゃないでしょうか」

　里美はトレンチコートのボタンを外しながら、真紀子にウインクした。真紀子の瞳が妖しく光る。

「その潮村春奈って候補者は、私たちと同じ属性なの？」

　カウンターにシャンパンが置かれた。ピンク色の液体がブツブツと泡を立てている。

「違います。彼女はストレートです」

　里美はシャンパンを美味《おい》しいと感じたことがない。サイダーみたいなものだと思う。それでも美味しそうな顔をして飲み干した。

　票固めのためなら、白いものでも黒と言い切るぐらいの役者じゃなきゃ、選挙プロデューサーは務まらない。

　トレンチコートのボタンはまだ下側三個が外れていない。

「なんだ、あんたと同じね。だったら、大義名分なんて立たないじゃない」

「政策は真紀子姉さんたちの立場に添って立ててあるわ」

　里美は胸元を少しだけ見せながら言った。

「同性同士のパートナー証明書発行を認める方向でやってくれるのね」

「もちろんよ。もう渋谷区では発行されたのよ。田中市の議会でもその流れをつくるわ」

里美はトレンチコートの前をすべて開けた。

ブラジャーとパンティしか着けていなかった。

しかもL好みの光沢のあるバイオレット。こんな色、里美はめったに着けない。

「千八百票ぐらいが当落線上なのですけど、まだ二百票程が読み切れていません」

実際より辛い数字を示した。実際、千八百は見えている。あと二百ぐらい固めておけば、この戦いは鉄板勝利の領域に入る。

「今回は、里美ちゃん、覚悟してきたのよね。いままでみたいに、チューぐらいじゃ、だめよ」

真紀子が奥のVIPルームを指さした。

「だから、こんな恰好までしてきたんですけど」

ヤルしかない。

テレビ局の悪徳プロデューサーに身を売る若手アイドルの心境だ。

「最後までOK?」

真紀子が上唇を舌で舐《な》めている。

過去三回の選挙では、男性候補者に対する支援依頼ということもあり、のらりくらりと逃げてきた。

まん所を弄られるぐらいはどうってことないけれど、レズたちは何度、昇っても許してくれないのは、充分知っている。真正レズとの経験は二人ほどあったので体験済みだ。

ストレート同士の春奈と、ふざけてクリ潰し遊びをするのとは訳が違う。

真正百合女《ゆりめ》はまん所を擦りまくり、掻き回し、いろんなものを突っ込みたがるのだ。

そもそもここを教えてくれたのは、都議の高島裕子だ。

彼女は、自分の票固めのために、すでにこの店の常連になっている。真正の両刀遣いだ。

男との醜聞は政治家として命取りになりかねないが、レズビアンの噂《うわさ》は、その道の女性には鉄板受けとなり、男たちからも、興味を抱かれるという。

一石二鳥の策である。

選挙プロデューサーとして、自分もこの人種を取り込むことにしたが、本来真正ではない。

仕事のためと、ある程度は割り切っている。

(勝ったら、絶対に潮村春奈をココに連れてきて、まん所をレズたちにベロ舐めさせてやる)

「里美ちゃんと、今夜発展できるんだったら、この田中市の百合女百人分をまとめてプレゼントするわ」

「そのプレゼント、残らずいただきます」

里美はパンティの股布をちらっとめくってみせた。

カウンターから出てきた真紀子に、横から身体を抱きかかえられ、ＶＩＰルームへと連れ込まれた。

「あぁあん、里美とやりたかったわ」

豪華で巨大なカラオケボックスといった風の部屋に入るなり抱きつかれた。

身長は同じぐらいだが、真紀子のほうがはるかに筋肉が引き締まっていた。

ぎゅう〜っと、背骨が折れるぐらいに抱きしめられた。

「ストレートの女って、無垢《むく》な匂いがするの」

真紀子に、首筋辺りをクンクン嗅がれた。男の匂いがしないか、識別されている感じだ。

男とはこの一週間やっていない。ここに来るために男抜きしていたのだ。

おかげで相当ストレスが溜《た》まっていた。春奈とふたりでせっせと角まんしていたが、本来なら週に二度は男に挿し込んでもらわないと、穴が疼《うず》いてしょうがない。

春奈はクリ派だから、角オナとかで、気持ちの処理ができるが、そもそも自分は穴派なので、挿さないことにはどうにも落ち着かない。

（もう毎日、ペンオナで、飽きちゃったよ）

そういう意味では、相手が女でも、指でズコズコしてもらえるのなら、とそんな気にさえなっていた。

「男の匂いしないわね」

「してないですもの……」

「かわいい」

真紀子にトレンチコートを脱がされた。ブラとパンティだけの恰好にされる。

「そこに座ってよ」

ホワイトレザーのソファとは、これまたいかにもL系の人たちの趣味だと思った。

「足上げて、股を開いて見せてよ」

真紀子の鼻息が荒くなっていた。

「百票。間違いありませんね？」

ここは念の押し所だ。選挙のプロ。タダでまん所は開かない。

「浜町交差点にレズ百人集めておくから、なんなら里美ちゃんのところでバス仕立てて、積んで持っていく？」

真紀子がにっこり笑った。この笑顔に嘘はなさそうだ。真紀子もドレスを脱いでいる。ドレスから肩を抜くなり生バストがまろび出た。事実上のノーブラ。ドレスの裏地に直接縫い付けられていたカップで、まるみと突起を隠していただけだった。

このところ春奈、真紀子と、女との乳くり合いが続く。今夜が終わったら、とにかく一回男とやらないと、死んでしまいそうだ。

そんな気持ちを押し隠して、里美はビジネスライクに言った。

「田中小学校で、出来るだけ午前中に投票を済ませるようにセットしてください」

真紀子が頷き、ドレスを足から抜いた。桜色に染まった肌が、シャンデリアの光を受けて、よけいに艶めいて見える。パンティなど着けていなかった。

「ロゼのシャンパンは、肌までピンクにしてしまうんですね」

「肌だけじゃないわよ。ここも、超ピンクになっているの」

真紀子が自分より先に、ホワイトソファの上で、M字開脚になり、肉丘を開いた。

「まぁ、パックリ」

　里美は間抜けな表現をしたと、後悔した。他の女が肉扉を開く様子を見るなんて初めてだ。見ての通りに言うしかない。

「そうよ、パックリ。まんちょ」

　ねちょっ、と音がして、薄茶色の扉が開くと、内側から鮮やかなピンク色の肉陸が広がってきた。

　同性から見ても、美しい。真紀子の顔同様に美貌のまん所だった。とにかく小陰唇が白味勝ちのピンクだ。桜のソメイヨシノと同じで、この方が儚《はかな》げな、まんちょに見える。陰唇がひらひらと舞う感じ。本当に美しい。

　自分や春奈の小陰唇は、もっと黒ずんでいて、ヒラヒラと開く感じではなく、ナメクジみたいにネチャクチャと蠢《うごめ》いている。

　いわゆる〈ぐちゃまん〉タイプだ。それに比べて真紀子のまん所は美しすぎる。

「うっとりしちゃう……」

　里美は見惚《みと》れてしまった。

「あたしらは、女同士で擦るから、ここを命がけで磨いているの。男は穴にピストンだけど、なんて言ったって、女同士は平板摩擦だから……ね」

平板摩擦？　それどんな擦りだよ？

「さっ、里美ちゃんも、脱いでくれなきゃ。この日が来るのをどれほど待ったことか」

真紀子はまん所はとても美しいが、迫り方はセクハラおやじのノリに近かった。なんだか、自分がむりやり犯される、美貌の新人ＯＬのような気分になってきた。

「わかりました。約束だから脱ぎます」

ブラを取って、パンティのストリングスに指を絡めた。これ以上、出し惜しみしたら、逆に相手を怒らせそうだ。

潔く一気に尻から抜いた。超恥ずかしい。男の前で脱ぐ百倍は赤面する。

「いいわぁ。日頃クールビューティで通す今村里美が、顔を真っ赤にしてパンティを脱ぐ姿って、見ているだけで濡《ぬ》れるわ」

真紀子が目を丸くしている。

レズっておっさんと同じ感性か？

「真紀子さん、どうぞっ」

里美は開帳した。踵《かかと》をソファの上につけ、脚を開けるだけ左右に広げた。

Ｍ字の真紀子に対して、ほぼ水平開帳。新体操の選手か中国雑技団ばりに、大きく広げた。

「さすがだわぁ。ねっちょりまんちょっ」

真紀子が手を叩いた。

あの太い指で触ってくるのかと思うと、わくわくする。

が、真紀子は手ではなく、股をそのまま寄せてきた。

「卍型《まんじ》になろう」

「ええ～　いきなりですか？」

真紀子が股と股を密着させてきた。

「里美ちゃんも、右の腿を私の腿の上に乗せて」

「はい……」

んん？　卍型になった。超いやらしい形で、女ふたりが股を絡ませて向き合った。

うわんっ。ねっちょねちょ、する。

「いいでしょう。平面密着。さぁ、擦るわよ」

女の舟底同士をぴったりくっつけて、軽く揺すられた。ぬんちゃ、ねっちゃ。小陰唇の羽同士が開いたままくっついた。べちょ。

ピンクのハートと、ちょっぴり黒ずんだハートがピタッ。ああんっ。

「はぁああ、ビラビラが擦れるぅうう」

声を漏らしながら、真紀子に抱きついた。

お椀型の自分の乳房がメロンサイズの真紀子の乳山に埋まってしまった。

「真紀子さんのおっぱい、すごく柔らかいっ」

「里美ちゃんのは、弾力あるっ」

ふたりで、むにゅむにゅと押し付け合った。無我夢中で身体を押し合っていたら、乳首同士も擦れ合った。

「あっ」

ジーンと痺《しび》れた。

真紀子の巨乳首に、自分の乳首が、押し潰されている。

まるで因縁でもつけられたように、ぎゅうぎゅうと押され壁際で動けなくなっている感じだ。

「あんっ、いやんっ、潰れちゃう」

「乳くりあいって、気持ちよくない?」

「気持ちよすぎます」

女同士の身体の寄せ合いは、どちらも柔らかいので、マシュマロがくっつきあっているようなものだ。ふわふわとして、とても気持ちいい。

「お口もちょうだい」

真紀子が遠慮なしに唇を重ねてきた。これも柔らかい。中トロのような唇を押し当てられて、こちらの口を開かされた。

ぬわっ。口がO字に開く。そこに真紀子の舌が入ってきた。だから真紀子の口はQの字になっている。

里美の舌が絡め取られた。にゅるん、にゅるん、される。

舌の裏側に唾液を流し込まれ、得体の知れない陶酔感を味わわされた。女の攻め方は、男と違って、のらりくらりとしている。

「はう、ううっ」

じりじりと身体を火照らされ、気持ちが高められていく。

里美は自分の身体と気持ちが上滑りしだし、真紀子の術中に嵌《は》まっていくのを感じた。

口、乳首、まん所の粘膜三点をすべて密着させられ、ゆるゆると責め立てられるのだから、たまらない。

気づけば、肉陸はうねり、ねとねとになっていた。

「はぁあ、ぁあぁ……、おっぱいも舐めてくれませんか」

自発的に言っていた。

「うずうずになってきたの？」

男みたいに目を輝かさせて、チュウチュウしてくることはない。これが女のややこしさだ。

「べろべろ舐めてくださいってばっ」

里美は涙目になって訴えた。

「あんた、乳首より、まんちょがねっちょ、ねっちょになっているけど？」

「いいから、乳首舐めてくださいっ」

股のあわいのほうは、小陰唇同士が絡まり合い、時おり双方の突起が擦れ合うので、いまのままでも十分感じていた。

それよりなにより、乳首を舐めるか、捏《こ》ねるかしてほしい。

「しょうがない子ねぇ」

真紀子がぶ厚い舌を出してきた。幅も長さもある大きな舌だった。涎《よだれ》の泡粒がたっぷり乗っていて、これで舐められたら、乳首が溶けてしまいそうだ。

「右から？　左から？」

いちいち、聞かれるのがもどかしい。もちろん、それが真紀子の策略だとわかっていても、大声をあげて懇願してしまう。

「右ですっ、右から、舐めてくださいっ」

里美は右の乳房を突きだした。

舌が伸びてきた。

「あぁああんん。違うってばっ」

左の乳首を、思い切り舐められてしまった。真紀子のことだから、狙っているのではないかと、多少は左にも注意を払っていたものの、いったん右に唇を寄せた後に、さっと、左に切り替えられたのだから、ほんとに敵《かな》わない。

ベロンと舐められた瞬間は、失神するかと思った。

「里美ちゃんの乳首、コリコリしていて、舌触りいい」

「はぁん、そうですかぁ。んなこと言われても、自分じゃ、わかんないです」

乳首を濡れた唇に含まれ、ちゅうちゅうと吸われながら、伸びた乳頭の先っちょを、舌で掻き回された。これはたまらない。頭が快感に痺れて、ふらふらとしてきた。

真紀子の舌は、たっぷり涎を乗せているにもかかわらず、ザラザラとした感触があった。

「はうんっ、あぁあん。舌の動きがとても素敵です」

「里美ちゃん、乳首もっと伸ばしても、いいかなぁ」

真紀子が猫撫で声を出した。これは不穏当なことを考えているに決まっている。何をされるかわからない不安はあるが、同時にそれは、性的な興奮を掻きたててくれた。里美は乳暈をぶつぶつに粟立《あわ》てながら、何度も顎を引いた。

「はい、好きにしてくださいっ」

唇を蛸《たこ》のように窄め真紀子が、ちゅ〜うと左乳首を吸い立ててきた。里美の乳山に顔を埋めていたのを、いまは離している。吸ったまま顔を離していくので、乳首がどんどん伸びた。

（チューインガムじゃないんだからっ）

面白がって引っ張られていると思うと、若干腹が立つ。

「……ぅううう、うわっ」

乳首が伸び切らされたところで、カリッと甘咬《が》みされた。

「☆△◇◎っ」

真紀子が前歯を軽く閉じて、ビーバーみたいな顔をしている。また離して、もう一度浅く咬まれた。

「んんっ、はっっふ～ん」

目を閉じるなんてできなくて、見開いたまま、天井を見た。虚空に金や銀の花火がいっぱい打ちあがっていた。

「右も、同じこと、してほしいでしょう?」

真紀子が右の乳首の上に人差し指の腹を、触れそうで触れていない、ぎりぎりの位置に止めながら、言っている。

してもらいたいに決まっている。乳首は左右平等に扱ってもらわないと、女は悶《もだ》え死ぬ。

「はいっ、お願いしますっ」

とにかく指でちょんだけでもしてほしくて、里美はバストの山を突き上げた。

真紀子にさっと、指を引かれた。発情した乳首は宙に舞っただけだった。

「あわわわ……」

乳首も膨らむほどに期待していただけに、空振りを食らって、気が遠くなりそうになった。

「触ってあげないっ」

真紀子は指も唇も引っ込めてしまった。

「舐めてもあげないっ」

「いやぁぁあああ」

里美はとてつもない喪失感に苛《さいな》まれた。

その時、交差していた股座《またぐら》を、ガツンと打ち返された。真紀子が尻を一度引き、思いきり、戻してきたのだ。男のピストンに似ている。

男と違い、刺さるものがないので、べちゃっ、と平らな粘膜同士がぶつかった。

「ふがっ」

鋭角的な刺激とは違う、もやもやもや、とした快感が湧き上がってくる。

「行くわよ、里美ちゃん、覚悟してね。真百合の花散らし《どレズ》は、素人の擦り合うレベルとはスピードが違うのよ」

花散らし？

言うなり、真紀子が股の接点を揺り動かしてきた。

「うわぁあああ」

なんだこれはっ。ねちゃくちゃ、とみだらな粘膜摩擦音を立てながら、真紀子は重ねたまんちょを縦横無尽に揺さぶってくる。

大陰唇をぴったり密着させたまま、腰を激しくグラインドさせるので、お互いの小陰唇が揉みあって、くちゃくちゃになった。

「あっ、いいっ、こんなの初めて」

「これが花散らし」

小陰唇が見事に散らされていく。もやっていた快度が、一気に極点に向かいだした。

「花びらの次は、芽っ」

「はぅう」

クリとクリをくっつけられた。

「いやぁ～ん。真紀子姉さん、こんなのありですかぁ。あぁあああああああ」

里美は絶叫させられた。

春奈によって包皮から剝きだされる癖がつけられていた淫芽は、小さいながらも、硬い芯を通していた。そこに同じ種類の尖《とが》り芽を当てられた。

「クリとクリを当てるのって、当選って感じしない？」

なんとなくわかる。ちょっとズレてもダメなのだ。ぴったり当たるとジーンと痺れる。選挙って、こんな気分かも知れない。

「ふぅ、はいっ、たしかに……そうかも。んんん」

小陰唇もクリトリスも、めちゃくちゃに摩擦された。真紀子の速いグラインドに呼応して里美も腰の動きに変化をつけた。

クリトリスとクリトリスが知恵の輪のように絡み合った。

「平べったい股同士をくっつけると、尖りがこんなに絡み合うんですね」

里美は尻をくねらせ、粘所をさらに押し付けた。とろ蜜が止めどなく溢《あふ》れ出る。

「……でしょう。ぁあぁ、その女性候補も当選したら、こうやって擦り合ってくれるのよね」

お互いの股満湖がとろ蜜だらけになっているうえに、しっかりと密着させているので、その周囲の太腿までが、べちょべちょに濡れてしまっている。

「はいっ、必ずさせます。潮村春奈はクリトリスがとても大きいから、これをやられると、すぐに気絶してしまうと思いますが……あふっ。いやっ、私、もういきそう」

「いって、里美ちゃん、このまま摩擦してあげるから、いってっ」

真紀子がガクン、ガクンと尻を振り、まん所をさらに押し込んできた。

くちゃっ。腫れ上がったクリトリスが潰れた。ぷっ、ぷっしゅう。

風船が割れる感じ。

実際そんなことありえないのだけれど、感覚としては、クリが破裂した感じを得た。

「あっ、いった」

里美は天に昇っていた。

2

汗だくのまま、真紀子の身体に横から抱きついていた。

「里美ちゃんの、あの瞬間の顔、かわいかったわぁ」

真紀子が、里美の乱れた髪の毛に五本の指を入れ、上手に梳《す》いてくれている。

(自分はどんな顔で果てたのだろう)

いずれにしろ、女のまん所同士を押し付け合って、絶頂を極めたのは初めてだ。

真紀子に寄りかかったまま、股間に手を伸ばしてみた。半開きになったままの肉陸を触ってみる。生温かい。まだ筋が畝《うね》っていた。

「これで終わりだなんて、思わないでね。殿方じゃないから、精子を溜め直す必要もないのよ」

真紀子に乳房を揉まれた。覚悟してきたことだ。おそらく真紀子が飽きるか、朝になるか、どちらかがやってくるまで、いじりっこは続けられるのだ。

(あと何回、昇らせられるんだろう?)

そんなことを想っていたところに、真紀子の携帯が鳴った。着メロは「オーバー・ザ・レインボー」。なんとエリック・クラプトンのバージョン。洒落ている。

いずれにせよ、里美は虹を越えて、桃源郷に渡らされていた。いまからも何度となく、飛ばされるのだ。

「あらっ、高島先生っ。これから? もちろんいいわよ。はぁ〜ん。これラブメッセージ」

真紀子が送話口に向かって、甘い吐息を吹きかけている。

(ひょっとして、都議の高島裕子?)

里美は真紀子を見ながら、テーブルに置いたパンティを指さした。

「これ見せる先生?」

それで意味が通じる。真紀子が電話を耳にあてながら頷いた。やはり高島裕子が来るのだ。

「そう、わかった。上手くたらし込んだわね。つまり、ここでだめ押しするわけね」

そんなことを言っている。

「大丈夫。うちのVルームにカメラを仕込んでおく。ちょうどいいわ、選プロの今村里美が来ているから、彼女に嵌めさせましょう」

何のことかさっぱりわからない。里美は首をひねった。

しばらく裕子の話を聞いていた真紀子が、最後に「あと十分ぐらいね」と言い、携帯を切った。

「せっかく里美ちゃんの身体、夜明けまで、とことん、弄り倒そうと思っていたのに、残念だわぁ」

「裕子先生が来るからですか?」

高島裕子が両刀使いなのは、百合界では周知のことのはずだ。

「私たち、レディ3P、やるんですか?」

里美は地獄を見る思いで聞いた。

「だったら、それはそれで、面白いんだけど高島先生、男連れてくるって」

「はぁ?」

真紀子は落胆しているが、驚いたのは里美のほうだ。レズクラブに男を連れてきて何をするつもりだ。

「共生党の田沼雄一。あいつをうまく酒でたらし込んだので、ここに連れてきて、ハメ撮りしたいって」

「えっ？」

「選挙、いま競い合っているんでしょう？　田沼にラストスパートかけられたら、困るからって、高島先生、ここで決定的な動画を撮って、脅かすんだって」

「それ、田沼を失脚させるつもり？」

里美は膝を叩いた。さすがは策謀家の高島裕子だ。民自党陣営のために、そこまでしてくれるとはありがたい。

「酔いがさめたら、動画を見せて、自主的に、立候補撤回の宣言を迫るって」

真紀子が裕子から、たったいま聞いた話として、教えてくれた。

「私が、カメラ回します」

里美は勢い込んだ。

ハニートラップは、この世界では常套《じょうとう》手段だ。選挙戦中に、女性都議の誘惑に乗って、酒に溺れるほうが悪い。

この選挙勝った。

「あの、里美ちゃんは、カメラ担当じゃなくて、ハメ担」

真紀子にまん所を、指差された。

「えぇえ？　裕子先生はみずからハメるんじゃないの？」

里美は焦った。

「それはだめよ。もし田沼が開き直ったら、その動画、どこにも流せないじゃない。都議のスキャンダルになっちゃうわ」

「真紀子さんは？」

「私は男を受け入れられない体質だから」

「うっそぉ。私が入れられちゃうの？」

里美はうろたえた。そのくせまん穴から、濃い蜜液を溢れさせてしまっている。

「妬《や》けるわねぇ。カメラは私が回してあげる。せめて里美ちゃんが、男に突っ込まれて、ヒイヒイ言っている顔のアップとか撮らなきゃ、気がすまないもの」

真紀子はドレスを引き上げ、ＶＩＰルーム内にある飾り棚を開けた。小型カメラを取り出している。

「お遊び用の備品として置いてあるんだけど、こんな時に役に立つなんて思わなかったわ」

「女性同士でも、撮影しあうものなんですか?」

「もちろん。家で再生して、みんなオナニーしているわよ」

そんなものか。やけになって里美はテーブルの上に置かれたシャンパンを、一気に飲み干した。

またまた身体中が火照ってきた。

ふたたび真紀子の脇で「オーバー・ザ・レインボー」が鳴った。

「もしもし、あらそう。もう、下に着いたのね。わかったわ。こっちはもう準備完了よ」

「早いですね」

電話を切り、入り口へと迎えに出ようとする真紀子に続こうと、里美も立ち上がった。

「里美ちゃんは、ここで待機していてよ。すぐに合体出来るように、股開いて待っていてくれないかしら。私と高島先生で、連れ込んだら、一気に貫通させちゃうから」

なんだか、セックスするというよりも、突貫工事の按配だ。

「わかりました」

里美は裸のまま、ソファに背をつけ、体操選手のように、両脚を開けて待機した。すぐに挿してもらえるように、まん所を、少し上向きにする。

入射角度を三十度と見た。

これなら、田沼雄一が勃起さえしていればすんなり入る。

VIPルームの外の様子が騒がしくなった。

想定外の男性客が入ってきたことで、女たちが悲鳴をあげている。明け方のことだ。興に乗った女性客たちが、裸になって、ホステスにまん所舐めをさせてたり、相互指まんを楽しんでいたに違いない。

田沼雄一は、酔っぱらって、女湯に連れ込まれたようなものだ。

「ごめんね。この人、酔いつぶれて、何も見えていないから。はい、はい、みんなそのまま、そのままでOKよっ」

真紀子がそんな声をかけている。

「両刀の人は、あとで、うちのホステスに言ってね。デザートに棹舐めとかさせてあげる」

（そこまでさせちゃうのか……真紀子さんっ）

VIPルームの扉があいた。

「あ〜ら、準備万端じゃない」

高島裕子が田沼雄一の腕を肩で担ぎ上げていた。反対側を真紀子が支えている。

「先生、ご協力に感謝します」

里美は股を開いたままお辞儀をした。

共生党の俊英と呼ばれる田沼候補は、足元がふらつき、頭を垂れたままだった。

いったい何を飲ませたんだ？

「なんの、これしき。私、次は国政に出るつもりだから、あなたには、これぐらいの貸しをつくって置かなきゃ。頼むわよ、次……」

言いながら田沼の上着を脱がしにかかっている。真紀子はベルトを緩めて、ズボンを裾から抜きにかかっている。

あっという間に、田沼はトランクス一枚にされてしまった。

「男の尖りを触るのは、私、苦手でね」

真紀子はそこまでセットアップすると、すぐに裕子の後方へと下がってしまった。

裕子が男のワイシャツを脱がせて、トランクスの上から、男のシンボルを触った。

「酔っていても、硬くなっている。この男、左スタンスのこと言うわりには、ココは右寄りだわ」

「政策と、ち×ちんの位置は別じゃないでしょうか?」

「そうだけど、私は右寄りの棹が好きなのよ」

保守政治家らしい発想だった。

「じゃぁ、脱がしちゃうわね」

高島裕子が田沼雄一のトランクスを下げた。すぐに巨木が倒れ落ちてきた。裕子が、しっかりと握りしめた。膝まで下りた赤と青のストライプ柄のトランクスをなんと足で引き降ろしてしまった。大胆だ。しかも男根は決して手放していない。

この女は砂漠で、人を生き埋めに出来るタイプだ。政治家としてもっとも重要なメンタルの強さを持っている。

「うぃ〜、寒くねえか」

田沼が顔をあげた。焦点の定まらない視線を、里美に向けてきた。

「こんにちは……」

しょうがないので、里美はまんちょの扉を開きながら、会釈した。

裕子が横から口を出している。

「すぐに温かくなるわよ。ほら、ち×ぽ用の、お風呂。もう沸いているから」

田沼の亀頭を引っ張ってきて、里美の小陰唇の狭間に宛《あて》がった。

しゅわわわぁ〜。冷たい亀頭と温湯《ぬるまゆ》状態の花芯がくっついて、湯気が上がった。

「私のまんちょ、お風呂ですか？」

「気にしない、気にしない。はめちゃえばいいんだから」

裕子は実に事務的に田沼の亀頭を窪みに導いている。じゅぽっ。

「そこ、はまるポイントですっ」

里美は無意識に穴を上げた。

「ぴったりっ」

女性都議会議員は、工事現場の監督よろしく肉杭を挿し込む位置に手を置いて、

「真紀子さん、オーライッ。お尻をぐっと押して」

と言った。

（工事じゃないっ……あっ、でも気持ちいいっ）

真紀子が両手で田沼雄一の生尻を押していた。チ×ポが、そのままぐっと膣穴にめり込んでくる。中肉中背の程よい大きさの男根だった。

この二週間ほど、入れていないので、感動はひときわ大きい。こんな場面でライバル陣営の候補者を食えるなんて、まさに今回は幸運に恵まれている。

「入ったぁああ」

里美は激しく首を振って、挿入されたことを告げた。

「もっと押して、押して」

裕子が肉と肉の繋がりの部分を凝視しながら、真紀子にプッシュを頼んでいる。

真紀子が、相撲の送り出しみたいな具合に、田沼の尻を押しこんできた。

「はぁあああ。根元まで入ったぁ。もうムリっ」

肉路に隙間がなくなるほど、ぴっちりと田沼の陰茎が装塡《そうてん》された。

「今度は引いて、真紀子さん、引いて」

「ふぁああ、裕子先生もちょっとは手伝って。私はカメラも回さなきゃならないんだから」

真紀子が田沼の腹に手を回し、腰を引きはがしに入った。

ずるずるずる。ち×ぽが引き上がっていく。途中鰓《えら》で、Gスポットをほんのちょとだけ、掻かれた。里美はふわりと身体が宙に浮く喜びを得た。

が、いくほどではない。

要するに、この状況は、真紀子の手によってピストンをさせられているのだ。

勃起はしているが、自力で抽送が出来ないほどに酔っている田沼雄一を、やり手の女ふたりで、むりやり揺り動かしているといったほうが早い。

「あの裕子先生と真紀子ママ。そんな面倒くさいことをするよりも、田沼候補を床に転がしてさえくれれば、私は上から、乗ってピストンしますが？」

里美はしゃらっと言った。

裕子と真紀子が顔を見合わせて、ポカンとしていた。

「……だわね」

と、裕子。

「こんなに汗だくになって、損した」

真紀子がハンカチで額を拭いている。

その時、里美の携帯が鳴った。着メロは軍艦マーチだ。

「ずいぶんと勇ましいわね」

「選挙プロデューサーですから、必勝イメージで」

真紀子が勝手に電話を取り上げて、ＯＮにしてしまった。

相手は潮村春奈だった。やばいタイミングで電話を寄越したものだ。

「あ～ら、潮村候補ね。いまあなたのプロデューサーと票の取りまとめをしていたところだわ。高島裕子都議も一緒なんだけど、もう勝ったも同然だわ」

　真紀子がべらべらとしゃべっている。春奈のまん所を舐めたくてしょうがないのだ。

「そう、いまから来る？　いいわねぇ、そうこなくちゃっ」

　最悪だ。ここに春奈が来たら、乱交パーティになってしまう。里美は唇を噛んだが、もうすべては後の祭りだった。

「候補者さんもいまから来るって、もう勝ちは決まったようなものだから、まん所合わせ、やってもいいわよね」

　真紀子が手の甲で唇の端の涎を拭った。

「選挙は下駄を履くまでわからない。テレビが当確マークを打っても落選した候補者を山ほど見てきているの」

　里美は真紀子を制した。まだ投票にも行ってくれていないのだ。

「舐めるぐらいなら、いいかしら？」

「それもダメです」

　きつく言ってやった。

「はいはい、もうその辺にしておきなさいよ。真紀子ママには、私のクリをちゅうちゅうさせてあげるから、それで今夜は我慢して。この子の言う通り選挙は水物。

最後までわからないわ」

高島裕子が宥《なだ》めてくれた。さすが歴戦の勇士だ。選挙のツボをわかっている。

「それよりも、この田沼雄一にとどめを刺しましょう」

裕子が真紀子に促して、自分は腕を持った。

「ママ、足を持って」

「はいはい」

「どっこらしょ」

女傑と呼べるふたりの女が、いとも簡単に田沼雄一を床に寝かせた。もちろん仰向けにだ。

「さぁ、里美ちゃん、上から、ぐっさり」

真紀子はすでにカメラを手にしていた。

「まさにとどめですね。しっかり撮ってくださいね。私の顔はうまく外してくださいな」

里美は手のひらで目元を隠した。

「安心していいわよ。里美ちゃんの顔は絶対に映さないわ」

真紀子がウインクしている。裕子が服を脱ぎながらフォローを入れてくれる。

「そもそも下半身剝き出しの動画を撮られただけで、この男の政治生命は終わりよ。真ん中《まんちゅう》に収めるシーンまで撮るのは、有無を言わせないためよ。目覚めたら、ここから、立候補撤回の電話を入れさせるわ」

それなら、安心して、包み込めるというものだ。

里美は、田沼雄一の股間に跨《また》がって、ゆっくりと尻を落とした。

3

待望の挿入だった。選挙戦の間中、自分は性欲を押さえてきたのだ。選挙カーの上で、春奈や、裕子が、藤倉会長に指マンされるシーンを見せつけられたり、春奈の角オナに付き合わされたりと、モヤモヤする日々が続いていたが、いまは大手を振って、挿入できる。

「はぁ〜ん。ち×こ入るっ」

片手で肉扉を寛《くつろ》げて、片手で男根を握りしめていた。

「あっふぅ」

かちんこちんの肉杭が肉口をこじ開けた。くわっ。

「いいっ」

卵形の亀頭が針の穴ほどの淫穴を、めりめりとこじ開けてきた。

「来たっ、来たっ、来たっ」

いちいち真紀子と裕子に報告した。

「いやぁ、里美ちゃんの花びらエッチだわぁ。めくれるんじゃなくて、亀頭に張りついている……」

ソファに背を押し付けて、股を開いている高島裕子が目を凝らしていた。

「見ないでくださいっ」

「見ないで、いられるか、あっ、ママ、クリは咬まないで」

裕子の開いた両脚の付け根に、真紀子の顔が埋められていた。片手だけでカメラをこちらに向けている。

「根元まで、おさめまーす」

そう宣言して、里美は尻をドスンと下ろした。

「わぁっ、膣が広がるっ」

いつだって、この最初の一刺し目が一番感じる。入った達成感に思考は酔いしれ、押し広げられたばかりの肉路が一斉にわななく瞬間だ。

セックスは何度体験しても、最初の一刺しの興奮に尽きる。

「あぁ、いいっ。すぐには動かしたくない」

里美は本音を言った。硬い肉棒を、ずいずい動かすのも気持ちいいが、こうやって収めた肉柱に膣壁をぴったり密着させるのも、別な悦びを得られる。

特に初めての男の陰茎は、肉同士を馴染ませるためにも、しばらくは膣壺の中で温めたい。

「んんっ、んんっ」

抽送する代わりに、括約筋を収縮させた。

「はぁあああ、いま、締めていますぅう」

肉路をこれ以上ないというところまで、締めた。肉茎をぎゅうぎゅうと詰めてやる。

まんちょの中で亀頭がビクンと揺れた。

「いやんっ。それ以上膨らませないで……」

さらに括約筋を締めた。

「うぅう」

田沼雄一が苦しげに声をあげた。胸に、あばら骨を浮かべている。

「な、何をしているっ」

酔いから醒《さ》めた田沼が、大きく瞳を見開いた。

「セックス中です」

里美は答え、尻を跳ねあげた。ズリーン、肉壺が滑り上がり、肉幹を摩擦した。

「おぉおっ、やめろっ。なんでカメラを回している」

ストーン。尻を沈めた。柔肉で鰓を撫でながら、根元まで被せていく。

「おぉおお、擦るな、擦るんじゃない。誰だ？　そのカメラを持っている女は？」

真紀子の顔は裕子の股の中。田沼はうかがい知ることが出来ない。

「ああああっ、いいっ」

嵩張《かさば》った鰓に膣壁が猛烈に抉《えぐ》られた。

「うわぁああ、そっちこそ棹を揺らさないで」

脳が溶けるほどの快感を味わわされた。

高島裕子がクリ舐めをさせたまま、田沼雄一に声をかけた。冷淡な言い方だった。

「選挙中なのに、テキーラ入りのシャンパンをあれほど飲むなんて、あなた政治家になるには、脇が甘すぎだわ」

「なんだと。甘いラムネみたいなものだから、一杯ぐらいいいじゃないって勧めてきたのはあなただろう」

田沼は血相を変えていた。

「甘いのはラムネじゃなくて、あ・な・たっ」

裕子が首を傾げて、含み笑いをしている。政治家はこのぐらい図太くなくてはならない。

「ふはぁ〜」

裕子の股間に顔を埋めていた真紀子が顔を上げた。口の周りに縮れ毛が数本付いていた。

「では、交接中の局部。ばっちり撮らせていただきます」

真紀子が裸のまま立ち上がって、里美たちの繋がっている部分を接写しだした。

「やめろっ。やめるんだっ。こんなことして何が目的だ?」

田沼が喚きだした。政治生命をかけて叫んでいることだろう。

田沼の肉茎は昂奮するほどに硬度を増してきた。燃える鉄のような肉芯が、身体の内側から、里美を押し広げるように、突き上がってくる。

恥裂がかき乱される。

「いいわぁ」

　里美も対抗した。尻を振り上げ、そのまま肉口を土手に叩きつけるように落とす。スッパーン。スパーン。なんどもやった。目も眩《くら》むほどの快感に、つぎつぎと襲われた。

「ぁああっ。イキそうっ」

　頭を左右に振り、口をへの字に曲げて、里美は残りのふたりの女に訴えた。

（いっちゃいたーい）

「まだよ。里美ちゃんっ。もうちょっと、繋がっていて」

　真紀子が舌なめずりをしながら、撮影に工夫を凝らしていた。さっきからカメラを逆さ持ちにしたり、アングルを変えたりしている。

「そんなぁ」

　仕方なく、膣口にち×ぽを咥えたまま、尻の跳ね上げを一度止めた。

「おぉおお」

　田沼は眼をシロクロさせていた。

　その田沼の胸めがけて、高島裕子が携帯を放り投げてきた。

「自分の事務所に電話して、明日立候補取り消しの届けを出すように言って」

「なんだとぉ？」

その顔に真紀子が動画のプレイバックを見せている。

田沼雄一の素っ裸の姿と、女の膣に肉棹を突っ込んでいる様子が映っている。真紀子の演出はうまい。カメラを逆さ持ちにして撮っていたらしく、まるで田沼が能動的に打ちこんでいるように見えた。

「どぉ？　これ中央通りの街頭ビジョンに流しちゃおうか？」

と、真紀子。

「そんなことしたら、警察が黙っていないぞ」

「警察が捜査する以前に、田沼雄一の政治生命が終了するわね。たぶん世界中どこにいっても、立候補は出来ないわ」

高島裕子がとどめを刺すように言った。

「卑怯な……」

田沼は悄然《しょうぜん》となった。高島裕子が慰めるように語りかけてきた。

「電話してくれたら、明後日の午後八時に、この映像は消滅させるわ。田沼君の今後の芽まで摘まむつもりはないの。どぉ？　今回はうちらの借りってことで。次の小泉市の補選。無所属で立つって言うなら、うちらが協力するわ」

絶妙なタイミングで取引を持ちかけている。

「保証は？」

田沼が呻くように言った。

「明後日の八時を過ぎたら、ちゃんと保証書を送るわ。どのみちあなたは、この時点で選択の余地はないのよ」

裕子は一方的だった。

「そん時は私が田沼雄一選挙事務所をプロデュースする」

里美は肉壺を締めた。いいわっ、気持ちいいっ。

「わかった。政治家としての高島都議を信じる」

田沼はすぐに携帯を握り、早朝の選挙事務所に連絡を取った。ち×こはまんちょに刺さったままだった。

突然の病気療養のためという、いかにも政治家らしい理由を付けている。

がっくりとうなだれて、田沼が電話を切った。

「一応、ここに、二日ほど泊まってもらうことになるけど、贅沢《ぜいたく》の限りを尽くさせてあげるわ」

真紀子がようやくカメラを収めた。

「はいっ、終了っ」

裕子が手を打って、立ち上がった。

「藤倉会長への義理立てはすんだわ。来年の参議院選、皆さん、頼みますよ」

にっこり笑って、パンティを穿《は》きはじめている。

完全に貫禄《かんろく》勝ちだった。

「あの私、まだ昇り詰めていないいですけど、ちょっと続けていいですか?」

里美はふたりの女と田沼に向かって懇願した。

「はい、どうぞ」

裕子はそう言い、出ていった。

「やっぱり男がいいのねっ」

真紀子は口を尖らせている。

「最悪な気分だから、せめて、ひと時の陶酔に浸りたい」

田沼は同意してくれた。

「じゃ、動かしますっ」

里美が再び、尻を沈めようとした、その時だった。

「こんばんはぁ、っていうより、おはようございまーすですねっ」

扉が開いて、魅惑のエロボイスが飛び込んできた。

「候補者、潮村春奈でーす」

間が悪い時に、来てくれたものだ。里美は構わず尻を振り下ろした。

「あぁああ、いいっ」

ずりずりっ、と鰓が柔肉をえぐってくれる。

「あら、こちらが、春奈ちゃんっ。素敵っ」

真紀子が春奈のシルバーのマイクロミニをまくった。相変わらずのノーパン。

「まんタッチぃっ」

恥裂に指二本を並べて、春奈まんに触れている。ぴちゃっと鳴った。

「いやんっ。私、男がいいっ」

いきなり春奈に背中を押された。ずるっ。里美は前のめりに倒れた。穴口から棹が抜ける。

「だめっ。いまは私が容れているところっ」

「私も、いま、我慢が出来ないんです」

春奈は、すでにスカートを腰骨の上まで、せり上げていた。生尻丸出し。

「里美さん、政治家になるなら、誰よりも、ずうずうしくなれって言いましたよねっ。私、男のち×ちんだけは、譲れませんから」

肩を押された。

「あっ」

すでに肉杭という支柱を失っていた里美は、あっけなく床に転がった。その身体を真紀子に抑え込まれた。

「里美ちゃんは、私と……」

「いやぁあああ。太い棹でいきたーい」

その隙に田沼の棹に、春奈の円いお尻がすっぽり覆いかぶさっていた。

「ああああああぁぁぁあ」

春奈が絶叫している。当選者は彼女だ。

＊　＊　＊

四月二十六日、日曜日。午後八時。

私は選挙事務所ではなく花吹雪通りの高島裕子事務所で、待機していた。

高島裕子の他に選挙プロデューサーの今村里美もそばにいてくれている。

統一地方選のため、市議選でも結果速報がテレビで流れるようになっていた。

私たち三人はテレビの前の大型テーブルの三角に分かれて立っていた。全員、角に股間を押し付けている。

高島に勧められた「当核《とうかく》祈願」だった。

「淫核をね、こうやって、ぐりぐり押し付けながら、結果待ちしていると、必ず当確マークがつくっていうジンクスが、あるの。民自党の先輩女性議員はみんな、やっているって。あっ、いいっ、クリがいまぷちゅっていった。もうじき結果が出るわ」

高島裕子は積極的に腰を揺すっていた。ピンクのツーピースのスカートが皺くちゃになっている。

みんなやっているって、ホントだろうか？

「衆院の大渕洋子《おおぶちようこ》先生とか、中市吉江《なかいちよしえ》先生も、股間押し付けて、結果待っているんですか？」

私は聞いた。もう何回もいってしまっているので、テーブルの角がべとべとになっている。

「本人に直接聞いたわけじゃないから、真意はわからない。ぁあああ」

「たぶん、高島先生だけだと思いますけど、これいいおまじないですね」

里美はパンツルックなので、深く入っている様子が一番よくわかった。

午後八時二十分。国営放送が大河ドラマの最中に、テロップを走らせた。

「あっ」

私は指さした。

吉田松陰の頭の上に自分の名前が走っている。

〈田中市市議選、当確——潮村早苗。民自新〉

一瞬だった。二回流れたが、それは、時間にすれば五秒となかった。

「間違いないですよね」

「うん、間違いない、当確……はぁあん。こっちも当核しちゃっていて」

と里美。腰をガクガクさせている。その目に涙。

「さぁ、早く事務所に行きましょう。バンザイ三唱よ。私が横で一緒にやってあげるから」

高島裕子先生は何故だか、新しいパンティに穿き替えようとしていた。

「今日から潮村先生とお呼びします」

里美に頭を下げられた。

「行こうか当選ガール」

裕子に肩を叩かれた。

いい気分だった。

私は、ふたりの女に腕を取られ、ノーパンのまま、支持者が待つ事務所へ向かった。

議場でもパンツは穿かないつもりだ。

本書は、二〇一五年九月に二見文庫より刊行された
『桃色選挙戦』を改題・改稿しました。

本書はフィクションです。登場する人物、団体、組織その他は実在のものと一切関係ありません。（編集部）

実業之日本社文庫　最新刊

伊兼源太郎
ブラックリスト　警視庁監察ファイル
容疑者は全員警察官——逃亡中の詐欺犯たちが次々と変死。警察内部からの情報漏洩はあったのか。ブラックリストが示す組織の闇とは⁉（解説・香山二三郎）
い13 2

岩城裕明
呪いのカルテ　たそがれ心霊クリニック
30歳で死ぬ呪いを解くため悪霊を食べる医者？　日本で唯一の心霊科を掲げる恵介には、幽霊を見られる相棒が…。この恐怖は、泣ける！（解説・織守きょうや）
い19 1

宇佐美まこと
少女たちは夜歩く
魔界の罠にはまったら逃げられない——森の中で不可解な悲劇に見舞われる人々。悪夢を見た彼らに救いの時は？　戦慄のホラーミステリー！（解説・東 雅夫）
う7 1

菊川あすか
君がくれた最後のピース
母を亡くして二年、家族のため気丈に頑張ってきた大学生の智子。報われない毎日が嫌になり旅に出るが…。時空を越え、愛されることの奇跡を描いた感涙物語！
き5 1

草凪 優
冬華と千夏
近未来日本で、世界最新鋭セックスAIアンドロイドがデビュー。人々は快楽に溺れる。仕掛け人は冬華。著者渾身のセクシャルサスペンス！（解説・末國善己）
く6 9

今野 敏
罪責　潜入捜査〈新装版〉
廃棄物回収業者の責任を追及する教師と、その家族にヤクザが襲いかかる。元刑事が拳ひとつで環境犯罪に立ち向かう熱きシリーズ第4弾！（解説・関口苑生）
こ2 17

沢里裕二
桃色選挙
野球場でウグイス嬢をしていた春奈は、突然の依頼で市議会議員に立候補。セクシーさでは自信のある彼女はノーパンで選挙運動へ。果たして当選できるのか⁉
さ3 14

実業之日本社文庫　好評既刊

沢里裕二
極道刑事　キングメーカーの野望
政界と大手広告代理店が絡んだ汚職を暴くため、神野が闇処理に動くが……。風俗専門美人刑事は、体当たりの潜入捜査で真実を追う。人気シリーズ第4弾！
さ3 12

沢里裕二
湘南桃色ハニー
ビールメーカーの飯島は、恋人を寝取られたことをきっかけに己の欲望に素直になり……。ビーチで絡み合う水着と身体が眩しい、真夏のエンタメ官能コメディ！
さ3 11

沢里裕二
アケマン　警視庁LSP　明田真子
東京・晴海のマンション群で、演説中の女性都知事・桜川響子が襲撃された。LSP明田真子は身体を張って知事を護るが……。新時代セクシー&アクション！
さ3 13

草凪優
黒闇
最底辺でもがき、苦しみ、前へ進み、堕ちていく不器用な男と女。官能小説界のトップランナーが、人間の性と生を描く、暗黒の恋愛小説。草凪優の最高傑作！
く6 6

草凪優
知らない女が僕の部屋で死んでいた
眼が覚めると、知らない女が自宅のベッドで、死んでいた。女は誰なのか？　記憶を失った男は、女の正体を探る。怒濤の恋愛サスペンス！（解説・東えりか）
く6 7

実業之日本社文庫　好評既刊

草凪優
アンダーグラウンド・ガールズ
東京・吉原の高級ソープランドが廃業した。人気の嬢たちはデリヘルを始め、軌道に乗るも、悪党共の手により…。女たちは復讐を誓う。超官能サスペンス！
く６８

葉月奏太
いけない人妻　復讐代行屋・矢島香澄
色っぽい人妻から、復讐代行の依頼が舞い込んだ。彼女は半グレ集団により、特殊詐欺の手伝いをさせられていたのだ。著者渾身のセクシー×サスペンス！
は６７

葉月奏太
盗撮コネクション　復讐代行屋・矢島香澄
洋品店の中年店主は、借金返済のためとそそのかされ、盗撮を行う。店主の妻は盗撮され、脅される。店主は自殺を決意し……。どんでん返し超官能サスペンス！
は６９

葉月奏太
癒しの湯　若女将のおもてなし
雪深い山中で車が動かなくなったとき、助けてくれたのは美しい若女将。男湯に彼女が現れ……。心と身体が蕩ける極上の宿へようこそ。ほっこり官能の傑作！
は６10

葉月奏太
寝取られた婚約者　復讐代行屋・矢島香澄
IT企業社長・羽田は罠にはめられ、彼女と会社を奪われる。香澄に依頼するも、暴力団組長ともうひとりの復讐代行屋が立ちはだかる。超官能サスペンス！
は６11

実業之日本社文庫 さ314

桃《もも》色《いろ》選《せん》挙《きょ》

2021年8月15日　初版第1刷発行

著　者　沢《さわ》里《さと》裕《ゆう》二《じ》

発行者　岩野裕一
発行所　株式会社実業之日本社
〒107-0062　東京都港区南青山5-4-30
CoSTUME NATIONAL Aoyama Complex 2F
電話［編集］03(6809)0473［販売］03(6809)0495
ホームページ　https://www.j-n.co.jp/
DTP　ラッシュ
印刷所　大日本印刷株式会社
製本所　大日本印刷株式会社

フォーマットデザイン　鈴木正道（Suzuki Design）

ISBN978-4-408-55681-9（第二文芸）